UN FUOCO STRAORDINARIO

Il Fuoco della Passione

J.H. CROIX

Traduzione italiana: Laura Marastoni

Progetto grafico di copertina: Cormar Covers

 Creato con Vellum

Capitolo Uno

CALEB

La pioggia gelida prese a pungermi il viso quando saltai giù dal pick-up. Mi fiondai sull'altro lato della strada, dove una macchina si era capovolta in un fosso. Il tettuccio era accartocciato sul volante, celando il volto dell'autista. "Ehi? Mi senti?" domandai, sperando di ottenere una risposta.

Ma tutto tacque, il silenzio spezzato soltanto dal martellio della pioggia sulla carrozzeria.

Con il battito irregolare del mio cuore nelle orecchie, presi a esaminare la scena. Il terreno era fangoso e scivoloso. Non avevo altra scelta; per salvare l'autista dovevo arrampicarmi sulla macchina rovesciata. Ignorando la pioggia, feci il giro dall'altra parte e mi sollevai. Trovando il finestrino del passeggero a pezzi, levai di torno i frammenti di vetro con molta cura, evitando che cadessero dentro o di ferirmi. Rimosso l'ostacolo, guardai dentro.

"Ehi..."

Ma le parole mi si bloccarono in gola e sentii quasi il cuore esplodermi nel petto. Rannicchiata in un angolino c'era nientemeno che Ella Masters. Un rivolo di sangue le scendeva sulla guancia dalla fronte. Mi costrinsi a mantenere il controllo e a concentrarmi sulla situazione. Non era più una semplice operazione di salvataggio, ma dovevo assolutamente soffocare le emozioni che minacciavano di travolgermi.

"Ella, Ella!"

Era fondamentale mantenere la calma, ma un forte senso di panico si stava impossessando di me. Quando non rispose provai l'irrefrenabile ma stupido impulso di scivolare dentro l'auto per prenderla, ma per fortuna rimasi impigliato a un pezzo di metallo e feci giusto in tempo a riacquistare lucidità.

Mi fermai per fare il punto della situazione. Allungai un braccio e con due dita le toccai il polso, flaccido sul volante. Sentendo il battito del cuore esalai un sospiro di sollievo. Quell'ansia agghiacciante si placò un poco. Dovevo ancora trovare un modo per tirarla fuori, ma per lo meno ero riuscito ad assicurarmi fosse ancora viva.

Cercai furiosamente il telefono nelle tasche per chiamare aiuto.

"911, come posso aiutarla?"

"Maisie, sono Caleb. C'è stato un incidente sull'autostrada."

"D'accordo, ho appena informato la squadra di turno. Sto confermando la tua posizione," replicò Maisie, senza perdere neanche un secondo. "C'è qualcosa che devono sapere?"

"L'autista è Ella Masters, quindi se sta arrivando Cade sarebbe meglio avvertirlo," le risposi, riferendomi al fratello maggiore di Ella, un mio collega alla caserma di Willow Brook.

"Sta bene?" mi chiese con voce pacata.

Lanciai un'occhiata a Ella e mi si strinse il cuore, mentre il panico mi serrava la gola. Mi feci forza e mandai giù il terrore. "C'è battito, ma è svenuta." Mi presi qualche secondo per studiarla, approfittandone per assorbire ogni dettaglio. Un taglio insanguinato le apriva la fronte e il corpo premeva contro il tettuccio. Grazie a Dio non sembrava aver riportato ferite più gravi, però in realtà non riuscivo neanche a vedere molto bene. La pioggia fredda intanto cadeva nell'auto dal finestrino rotto. Ella aveva il viso bagnato e la pelle stava diventando bluastra.

"Hai recuperato la posizione?" domandai a Maisie, l'eccezionale centralinista del paesino.

"Certamente. La squadra di Beck è a tre minuti da lì. Telefono subito a Cade per dargli la notizia," affermò.

"D'accordo. Io vado. Dovrei riuscire a estrarla dal veicolo da solo. Ciao."

"Stai..."

Di sicuro voleva dirmi di stare attento, ma non potevo più pensare a me stesso. Un senso di profonda angoscia mi stava ormai annebbiando la mente. L'unico pensiero fisso: salvare Ella.

Infilai il telefono in tasca e feci qualche respiro profondo per calmarmi. Mi spostai leggermente fino a piantare i piedi sulla portiera posteriore per aprire quella del passeggero. Tenendola ferma con il corpo, mi sporsi dentro per prendere Ella.

Con le mani finalmente sulle sue, per poco non persi l'equilibrio al suono della sua voce. "Caleb?"

Mi voltai a guardarla e i suoi grandi occhi verdi incrociarono i miei, annebbiati e confusi. "Cos'è successo? Che ci fai qui?"

Il fatto che fosse cosciente mi colmò di un sollievo immenso. "Hai fatto un incidente. Stavo tornando da Anchorage e mi sono fermato quando ho visto la macchina sul bordo della strada. Sta arrivando una squadra di soccorso, ma stavo provando a tirarti fuori da solo. Come ti senti?"

Ella mi guardò e per un secondo era come se fossi tornato indietro nel tempo, al giorno più terrificante della mia vita.Ma non era il momento per rimuginare sul passato, quindi mi costrinsi a concentrarmi sul presente.

"Sto bene, forse. Però penso di aver battuto la testa," mormorò, portandosi una mano sul viso macchiato di rosso.

Ormai il sangue non aveva più alcun effetto su di me. Proprio nessuno. Ma con Ella davanti era diverso. Il solo pensiero che stesse soffrendo era intollerabile.

"Ti fa male qualcos'altro?"

Provò a muoversi e le strinsi più forte il polso, il cuore che martellava con forza contro la cassa toracica. "Aspetta. Prima voglio sapere come stai."

Il suo sguardo trovò di nuovo il mio. Continuando così, rischiava di farmi venire un infarto.

"Non dovrei essermi fatta niente. Lascia che..."

"Fai piano, Ella!" la ammonii duramente, quando provò a liberarsi dall'angolino in cui era rimasta bloccata.

"Vedo che sei rimasto autoritario come un tempo," commentò con un sorriso vacillante sul volto.

Maledizione, ero appena riuscito a ritrovare un briciolo di autocontrollo. Essendo un hotshot, salvare qualcuno rimasto coinvolto in un incidente faceva parte della mia quotidianità. Ma Ella non era una persona qualunque. Avevamo un passato complicato alle spalle. Tra di noi era finito tutto dopo un altro incidente d'auto. Quando vidi una lacrima scintillante scivolarle sul viso persi completamente la ragione.

"Non piangere, Ella," la supplicai, sforzandomi di parlare nonostante il groppo alla gola. "Andrà tutto bene. Non fare nulla di avventato e vedrai che presto ti tireremo fuori di qui."

Come una manna dal cielo, la pioggia si fece meno intensa. Dopo un paio di minuti caotici riuscii a tirarla fuori dalla macchina e, proprio in quel momento, arrivò la squadra di soccorso.

Beck Steele, un collega che conoscevo sin dai tempi delle scuole elementari, mi spinse praticamente via quando riconobbe la persona che avevo davanti. Io ero il leader di una delle squadre di Willow Brook, mentre lui e Cade erano capisquadra. Proprio così, lavoravo insieme al fratello di Ella. Una realtà dolceamara che avevo da tempo accettato.

Mentre io avevo la testa fra le nuvole, Beck iniziò a dare ordini alla sua squadra per estrarre l'auto distrutta dal fosso. "Grazie a Dio che stava bene, Caleb. Altrimenti rischiavi grosso," mormorò al mio orecchio mentre i soccorritori la stavano trasportando all'ambulanza.

"Vaffanculo," replicai. "Avresti fatto la stessa identica cosa. Ovviamente prima mi sono assicurato che stesse bene. E lo vedi pure tu."

Beck si posò una mano sul fianco, agitando l'altro braccio come per fermare la pioggia incessante. "Non hai tutti i torti," rispose dopo una breve pausa. "Tu sai se Maisie ha già avvertito Cade?"

"Mi ha assicurato che l'avrebbe fatto. Se vuoi..."

Beck scosse bruscamente la testa. "No, non chiamarlo. Lasciamo ci pensi lei. È in contatto con i soccorritori, quindi potrà tenerlo aggiornato." Qualcuno lo chiamò e, scusandosi, mi lasciò.

Lo seguii con lo sguardo e poi mi diressi verso l'ambulanza, dove trovai Ella seduta sul retro, le gambe a penzoloni. Mi avvicinai, fermandomi davanti a lei. "Stai bene?"

Soltanto la vicinanza bastò a farmi battere più forte il cuore. Erano passati cinque anni dall'ultima volta che ci eravamo visti. Sollevò lo sguardo e mi guardò attraverso la cascata di pioggia. I suoi occhi verdi brillavano nella luce fioca e provai un miscuglio di emozioni diverse, sentendomi come catapultato nel passato. Anni prima, l'avevo amata con tutto me stesso.

"Credo di sì. Dana mi ha detto che me la caverò con un paio di punti, vero?" chiese, rivolgendosi a Dana Halloran, la soccorritrice di turno.

Dana la guardò e annuì, lanciando a entrambi qualche occhiata fugace. Versò del disinfettante su un batuffolo di cotone e tamponò con cura la ferita sulla fronte di Ella. "Sì, proprio così. Quando ho finito qui possiamo andare. I punti te li mettono all'ospedale."

Poi lo sguardo di Ella tornò su di me. "Vedi? Giusto qualche punto."

"Ci vediamo all'ospedale, allora," affermai, mentre Dana applicava un cerotto sul taglio.

"Non ce n'è bisogno, sai," mi rispose Ella.

Dana andò a parlare con l'autista, ma non mi feci distrarre. "Ci vediamo lì," ripetei, imperterrito.

"Caleb, non c'è bisogno che ti preoccupi per me. Sto..."

Una bolla di rabbia prese a crescermi dentro. Sicuramente era da quando l'avevo trovata in quell'auto che avevo smesso di pensare lucidamente, ma un tempo quella donna era stata tutto il mio mondo. Finché quel mondo non mi era crollato sotto i piedi.

"Ella, hai appena fatto un incidente. Devi per forza continuare a fingere che tra di noi non ci sia mai stato niente?"

Capitolo Due

ELLA

Da sola nella stanza gelida, mi avvolsi le braccia attorno alla vita nel tentativo di scaldarmi. Ero stanca, stanca morta. Ero pure bagnata fradicia e avevo tanto freddo. Un vortice di emozioni mi turbinava dentro, soffocante. Sentivo che stavano per esplodere, ma non avevo più neanche la forza di contenerle. Mi sentivo uno straccio. Ma dovevo proprio fare un incidente? Santo cielo, ero ormai così vicina a casa che per l'emozione avevo premuto troppo sull'acceleratore. Avevo perso il controllo dell'auto in curva, l'asfalto reso scivoloso dalla pioggia. In qualche secondo, la macchina si era capottata in un fosso.

E chi mi aveva soccorsa? Caleb Fox. Proprio l'uomo che non ero mai riuscita a dimenticare. Certo che il destino era proprio strano. Dire che avevamo un passato *complicato* sarebbe stato un eufemismo. Era già la seconda volta in vita mia che venivo estratta da un'auto distrutta da Caleb. La prima volta era scoppiato addirittura un incendio e avevo rischiato di morire. Ma la fortuna mi aveva sorriso. Purtroppo, una persona che era con me in macchina non se l'era cavata: il migliore amico di Caleb.

Mi resi conto delle lacrime soltanto quando sentii la loro scia calda sulle guance. Mi voltai a prendere un fazzoletto dal tavolo contro la parete. Quella stanza mi dava uno strano senso di familiarità, probabilmente perché dopo quell'infausto incidente ero rimasta all'ospedale per tre settimane. Un ambiente così sterile e spartano, che però mi procurava un certo conforto.

Avevano finito con i punti ed ero pronta a tornare a casa, ma dovevo aspettare che tornasse l'infermiera per dimettermi. Stringendo forte il fazzoletto, lasciai sgorgare le lacrime per qualche minuto. Ero completamente sola, in senso letterale e figurato.

Poggiai i fianchi al tavolo, continuando a piangere. Ero così elettrizzata all'idea di tornare a casa da essermi completamente dimenticata dell'esistenza di Caleb. Tremavo tutta e mi faceva male la testa per la botta presa.

Riprenditi, Ella. Non è mica la fine del mondo. Certo, tu e Caleb avete dei trascorsi, ma tutto lì. Riuscirai ad affrontarlo. Dopo tutto quello che hai dovuto passare ultimamente, vedrai che sarà una passeggiata.

Con un respiro tremolante mi asciugai le lacrime, gettando il fazzoletto nel cestino accanto alla porta.

Poi qualcuno bussò e, convinta fosse l'infermiera, risposi con un, "Avanti."

Ma con mio stupore, ad entrare fu Caleb. Il cuore prese subito a battermi all'impazzata. Avevo dimenticato fosse così maledettamente bello. Aveva capelli castani lisci, rasati sui lati della testa, e occhi color del cioccolato. Lo ammirai dalla testa ai piedi, assorbendo i dettagli del suo viso dalle linee decise: la mascella squadrata, labbra carnose, zigomi scolpiti nella pietra, il naso dritto come una lama. Ma come se non bastasse, aveva anche un fisico da urlo, muscoli su muscoli che spiccavano sotto gli indumenti fradici. Oh, quanto avrei voluto essere io ad accarezzarli in quel modo, al posto del tessuto.

"Ehi, volevo solo assicurarmi che stessi bene," disse, la voce dolce come miele.

Mi si riempirono gli occhi di lacrime, ma mi costrinsi a mandare giù il groppo alla gola. *Non* potevo permettermi di crollare di fronte a lui.

"Ciao," replicai, la voce gracchiante.

Era una stanza piuttosto piccola, quindi gli bastò qualche falciata per raggiungermi. Oh, santo cielo. Il suo profumo di abete rosso mi inondò le narici in un istante. Feci un respiro profondo, cercando di non distogliere lo sguardo.

"Come ti senti?" domandò, infilandosi le mani in tasca.

Mi strinsi più forte le braccia attorno alla vita e feci spallucce. "Bene, dai. Mi hanno messo i punti e tra poco posso andare. Sto aspettando che mi dimettano, ma ci stanno mettendo una vita."

Annuì, studiandomi attentamente. Era una situazione alquanto strana. L'ultima volta che Caleb era venuto a trovarmi in ospedale ci eravamo anche lasciati.

Calò il silenzio e, di nuovo, mi resi conto delle lacrime soltanto quando le sentii sulle guance. Un attimo dopo, Caleb mi prese tra le braccia. Tirai fuori tutto e piansi come non avevo fatto più per anni. Il viso affondato nel suo petto, lo cinsi per la vita e strinsi forte. Non erano lacrime dovute solo a quello stupido incidente da cui mi aveva appena salvata. Dietro c'erano anni di sofferenza in cui mi era mancato da morire, in cui chissà quante volte avrò desiderato di poter rimediare ai miei vecchi errori. E poi finalmente sentivo un senso di pace e sicurezza che non provavo ormai da fin troppo tempo.

Con una mano mi accarezzava la schiena, con l'altra i capelli. Mormorava piano e il leggero ronzio del suo petto bastava a darmi conforto. Per fortuna non mi chiese nulla, perché non ero pronta a dirgli la verità. Non ancora.

Dopo un po' sollevai la testa per guardarlo. "Ti ho bagnato la maglietta," bisbigliai.

Caleb mi guardò con un sorrisetto che mi fece fare le capriole allo stomaco. "Sono piuttosto sicuro che lo fosse già."

Ci guardammo negli occhi, mentre emozioni e pensieri contrastanti presero a battagliarmi dentro. Erano passati così tanti anni e mi era mancato così tanto. Avevo un disperato bisogno di lui, ma sentivo di non meritarmi più un uomo come lui. Essere lì tra le sue braccia era a dir poco surreale. Il suo sguardo si incupì. "Tutto bene?"

Scossi la testa, senza però riuscire a dire niente.

Spalancò gli occhi, allarmato. "Vado a chiamare l'infermiera."

Fece per lasciarmi andare, ma lo strinsi più forte e scossi di nuovo la testa. "Non ce n'è bisogno. Sono solo distrutta dopo questa giornata di merda..."

Mi costrinsi a tapparmi la bocca. Non volevo che proprio lui scoprisse che la mia vita era tutt'altro che rose e fiori. Avevo già rischiato una volta di rovinare la sua.

"Qual è il problema?" indagò, lo sguardo ardente fisso nel mio. "Se ti serve qualcosa, sono qui per te."

Ci mancò poco che scoppiassi di nuovo a piangere. Era proprio nel suo stile. Un ragazzo a posto, con un cuore d'oro che soltanto io ero riuscita a corrompere. Ricordi del passato tornarono a tormentarmi. Stavo tornando a casa in fretta e furia con l'intenzione di affrontare di petto il caos che mi ero lasciata alle spalle. Era arrivato il momento di scavalcare quegli ostacoli che mi ero creata da sola e sistemare le cose con Caleb. Se fosse riuscito a perdonarmi, forse anche io sarei finalmente riuscita a perdonare me stessa.

"No, non c'è niente che tu possa fare. Mi basta averti qui," replicai, le parole così sincere che solo a pronunciarle mi fece male il cuore.

Spostò la mano per liberarmi la fronte dai capelli e controllare la fasciatura. Il taglio era proprio all'attaccatura, quindi speravo non mi lasciasse una brutta cicatrice.

"Dimmi cosa c'è che non va," insistette, il tono di voce così pacato che dovetti trattenere altre lacrime.

Volevo dirgli tutto, ma me ne vergognavo troppo.

I nostri occhi si trovarono di nuovo. Santo cielo, quanto era bello sentirlo così vicino. Dopo tutti quegli anni, sentivo finalmente un profondo senso di pace. Avrei voluto stringerlo a me per sempre.

Le parole che mi sfuggirono dopo dalle labbra sorpresero anche me. "Mi manchi." Appena pronunciate, avrei tanto voluto prenderle al volo e rimangiarmele. Non era il momento per lasciarsi guidare dall'emozione. Non era così che mi ero immaginata tutto.

Caleb mi guardò e smise di colpo di accarezzarmi la schiena. Deglutì rumorosamente, l'unico suono nella stanza. La realtà della situazione mi fece drizzare i peli sulla nuca.

"Non puoi neanche immaginare quanto mi sei mancata tu," dichiarò con voce rauca.

Un'ondata impetuosa di emozioni mi travolse,

intrecciandosi a un forte desiderio forse inopportuno. Ma nonostante il nostro passato, la passione non si era mai estinta. Però avevo dimenticato quanto fosse potente quell'attrazione. Una bolla di gioia si elevò tra l'incrollabile rimorso e il dolore cronico che mi seguivano ormai da anni, sfregando contro il desiderio come pietra focaia.

Io e Caleb eravamo di nuovo insieme. Il mio cuore era sempre appartenuto a lui e il mio corpo ne era ben consapevole. La sua mera esistenza toccava tutte le corde del mio essere.

Sussurrò un'imprecazione e poi chinò la testa, posando un bacio delicato su un angolo della mia bocca e poi sull'altro. Santo cielo. Andavo matta per quel tipo di baci. Dati soltanto da lui, ovviamente. Dopo altri due, sospirai. Fece scivolare la lingua sull'orlo delle labbra e non riuscii a trattenere un gemito deliziato.

Mi aggrappai a lui come a un salvagente nel bel mezzo dell'oceano, abbandonandomi mentre le lingue danzavano insieme. Mi batteva così forte il cuore che facevo fatica a respirare. Una voce risuonò dall'interfono dell'ospedale, spezzando l'incantesimo. Caleb sollevò lentamente la testa e poggiò la fronte alla mia.

Rimanemmo così, col fiato corto. Gli misi una mano sul petto e notai con piacere che anche il suo cuore stava martellando all'impazzata proprio come il mio.

Capitolo Tre

CALEB

Le fiamme si ergevano alte nel cielo. Fermo a distanza di sicurezza, osservavo la casa devastata dall'incendio insieme alla squadra. La situazione stava degenerando, con il vento che si fiondava dentro dal tetto caduto a pezzi. La scena raccapricciante mi riportò a dieci anni prima.

Eravamo alle superiori e stavamo tornando da una giornata a sciare sulla neve. Ero con Ella, ai tempi la mia ragazza, e il mio migliore amico Jake con la sua, Holly. Le ragazze erano due anni indietro rispetto a noi. Non era troppo tardi, ma durante l'inverno in Alaska faceva buio molto presto. Ella stava guidando lungo la baia di Turnagain, una sezione di autostrada a sud di Anchorage. Era un proseguimento della baia di Cook, contornata da montagne. Si trattava dunque di una strada tortuosa che girava e girava e girava fino ad arrivare alla penisola di Kenai.

In quella serata gelida invernale, dopo l'ennesima curva ci venne addosso un'altra macchina. Soltanto dopo scoprimmo che l'autista aveva bevuto troppo. La macchina dei genitori di Ella iniziò a precipitare, finendo ai piedi di un piccolo promontorio.

Ricordavo ancora l'odore di benzina e la scarica di adrenalina nelle vene. Jake era stato balzato fuori dal veicolo. Ella e Holly erano ancora vive, ma in gravi condizioni. L'unico rimasto praticamente illeso ero io, poiché il posto del passeggero non aveva subito forti colpi durante la caduta.

In quegli anni avevo iniziato ad addestrarmi alla caserma, quindi ero un minimo preparato a reagire alle situazioni d'emergenza. Mi fiondai fuori dall'auto, ignorando la lieve ferita alla spalla. Holly mi seguì, strisciando fuori dal finestrino rotto nonostante le sue condizioni. L'odore di benzina si era fatto più pungente. Un attimo dopo, fiamme infernali avvolsero l'auto. La mia mente andò subito a Ella. Dovevo tirarla fuori da lì il prima possibile. Le sue urla disperate erano cessate all'improvviso. L'unico suono nell'aria era il violento crepitio che si levava dalla macchina.

Ricordai il calore che mi inondò quando mi gettai tra le fiamme. Per un qualche miracolo, riuscii a tirarla fuori subito. Il fuoco non ci risparmiò. Ella era ridotta peggio di me, con uno squarcio profondo sulla coscia e bruciature sul fianco e le gambe. Io me l'ero cavata giusto con qualche scottatura agli avambracci, che lasciarono le cicatrici. Un costante promemoria di quell'evento che avrei preferito dimenticare per sempre.

Brividi freddi mi accapponarono la pelle, un senso di panico mi attanagliò lo stomaco. Dopo aver messo in salvo Ella corsi da Jake. Ma fu troppo tardi. Era stato scaraventato contro delle rocce durante la caduta, morto sul colpo.

Il terrore che provai in quel momento non mi lasciò mai. Il mio amico giaceva lì, sulle rocce, il corpo inerte, con un taglio profondo sulla fronte e il collo piegato in modo innaturale. Nonostante la paura, mi avvicinai a cercare il battito. Nulla. A posteriori, probabilmente dentro di me l'avevo capito ancora prima di vederlo che la fortuna gli aveva voltato le spalle. Ma con l'adrenalina ancora in circolo, provai comunque a rianimarlo. Per quanto sapevo fosse inutile, dovevo almeno provarci.

Holly, che era rimasta con Ella, se l'era cavata con qualche ferita e un braccio rotto. Emanava una calma quasi surreale che mascherava chissà quale turbamento interiore. Probabilmente anche io esteriormente apparivo tranquillo. Probabilmente un'illusione dovuta a uno stato di shock totale.

Dopo l'incidente presi il diploma, dopo mesi di vero inferno. Il dolore di aver perso il mio migliore amico era insopportabile, il trauma devastante.

La relazione tra me ed Ella finì, una decisione presa da entrambi ma non capii mai se realmente condivisa. Si sentiva responsabile dell'incidente, però non era colpa sua. Affatto. Fu solo un caso se in quel momento era lei a trovarsi dietro il volante.

Così andai all'università, mentre Ella restava a Willow Brook per finire le superiori finché non partì anche lei per gli studi. Con gli anni le nostre vite presero direzioni completamente diverse. Mi sarebbe piaciuto tornare a casa, ma quella tragedia aveva acceso in me il desiderio di diventare un vero vigile del fuoco. Se quella sera non ero riuscito a salvare Jake, negli anni a seguire erano state molte le vite che avevo soccorso.

Prima di trovare Ella sul bordo della strada, erano ormai cinque anni che non la vedevo. L'avevo incontrata per caso al supermercato. Essendo con mia madre ci eravamo dovuti scambiare qualche parola, ma niente di che. Rivederla dopo così tanto tempo aveva riaperto una vecchia ferita. Ormai era diventata praticamente una sconosciuta, così lontana e irraggiungibile. Gli amori giovanili erano travolgenti, ma pure complicati. A quell'età era difficile dare un senso a quel genere di emozioni.

Ci si sentiva onnipotenti, spensierati, pieni di vita. I tempi d'oro in cui tutti sentivano di poter seguire i propri sogni. Per non parlare di quella libido selvaggia e sfrenata che sembrava quasi insaziabile. Ella era una ragazza tranquilla, intelligente e bellissima. L'avevo amata con tutto me stesso.

Dopo quell'incontro casuale, Cade era diventato un mio collega e ci vedevamo praticamente ogni giorno. Cercava perlopiù di evitarmi, ma chissà se lo sapeva quanto mi mancava sua sorella.

Maledizione, perfino io l'avevo realizzato soltanto dopo averla vista in quella macchina ribaltata.

"Caleb!"

Mi voltai verso il mio caposquadra e mi avvicinai, lanciando un'ultima occhiata alla casa che stava cadendo a pezzi alle mie spalle. Purtroppo era ormai troppo tardi per salvarla. Ma grazie al cielo qualcuno aveva chiamato aiuto, perché la zona era circondata da acri e acri di foresta. Senza il nostro intervento, l'incendio si sarebbe di certo propagato, causando chissà quanti danni.

Eravamo appena rientrati in caserma dopo una settimana in missione, per un incendio boschivo a un centinaio di chilometri in linea d'aria da Willow Brook. Stava arrivando l'autunno, ma in Alaska la stagione degli incendi non mostrava ancora cenni di cedimento.

Arrivai da Ward e incrociai il suo sguardo. "Sì?"

Il caposquadra mi rivolse un sorriso. "Ti chiederei

di tornare in caserma. Qui abbiamo tutto sotto controllo, ma è scoppiato un altro incendio in città. Purtroppo la squadra di Cade è in missione e la squadra locale è occupata con l'addestramento. Visto che siamo i più vicini, ti manderei insieme a metà dei ragazzi, che ne dici?"

"Nessun problema," risposi.

"Perfetto." Poi alzò quei suoi occhi grigi al cielo quando la nuova recluta fece rovesciare una scala.

Lavorare nella sua squadra era decisamente piacevole. Era un uomo alla mano e accomodante, ma solo con chi meritava il suo rispetto. Avevo preso il posto della ex leader della squadra, la futura moglie di Ward, quando si era trasferita nella squadra locale perché in dolce attesa. Il tempismo era perfetto. Avevo vissuto per anni a Fairbanks. Avrei preferito lavorare a Willow Brook, ma fino a quel momento non si era mai presentata l'opportunità. Non avevo esitato neanche un attimo a tornare a casa e riempire quel buco. Ma non mi sarei certo aspettato di rivedere anche Ella.

Salutai Ward e radunai alcuni dei ragazzi per tornare in città.

Quella sera, in caserma, gettai l'asciugamano bagnato nella cesta delle docce. Per fortuna l'incendio si era rivelato meno grave del previsto, soprattutto perché erano state settimane già molto impegnative. Dopo essermi rivestito mi buttai su una panca, scolandomi in un sorso una bottiglietta d'acqua. Sentivo le voci ovattate dalla televisione in sala relax e i passi pesanti di qualcuno che correva sul tapis roulant.

Ella invase i miei pensieri, come ormai succedeva da una settimana a quella parte. Era dalla visita all'ospedale che non ci vedevamo. Eppure non riuscivo a smettere di pensare a quella meravigliosa sensazione di poterla stringere di nuovo a me dopo tutti quegli anni.

Quel bacio che avevamo condiviso mi era rimasto impresso a fuoco nella mente.

Mi manchi.

Le sue parole mi avevano lasciato letteralmente di stucco. Non ero mai riuscito ad accettare completamente la nostra rottura. Anzi, onestamente, era stato uno degli errori più grandi della mia vita. Neanche un giorno era passato senza che sentissi la sua mancanza.

Purtroppo però quell'incidente ci aveva distrutti, fisicamente ma soprattutto emotivamente. Ella era stata portata al centro ustioni di Anchorage. Holly aveva giusto qualche graffio sulla pelle, ma uno squarcio nel cuore. E Jake, beh, Jake era morto. Non si poteva più tornare indietro. Con gli anni il mio rapporto con la morte era cambiato, se non altro perché dopo quella tragedia avevo imparato che faceva parte del ciclo della vita. Ma subito dopo l'incidente, la perdita del mio migliore amico mi aveva completamente distrutto; ero devastato.

Ovviamente non avevo mai nutrito alcun rancore nei confronti di Ella. La colpa poteva essere attribuita soltanto a quell'idiota ubriaco che ci aveva buttati fuori strada. Avevamo sofferto tutti di sindrome da sopravvissuto. Per Ella però il colpo era stato ancora più duro, tormentata dal senso di colpa e il dolore fisico. Io per miracolo me l'ero cavata giusto con qualche ustione alle braccia e dei tagli di poco conto.

Ero andato a trovarla all'ospedale e così, di punto in bianco, mi aveva lasciato. Con il mondo che mi stava crollando sotto i piedi, mi lasciai guidare da un'ira incontrollabile. Il mio migliore amico era morto, la mia ragazza era a pezzi e aveva deciso di chiudermi fuori, dietro pesanti porte blindate.

Rivederla dopo così tanti anni mi aveva scombussolato nel profondo. Una valanga di sentimenti rinchiusi in un angolino del mio cuore era riaffiorata con una forza immane. Perché rinchiusi? Perché non avevo altra scelta. La mia vita era finita sottosopra. Nel giro di poche ore avevo perso il mio migliore amico e la mia ragazza. Un dolore così grande che non sapevo cosa farmene.

Sentirle dire che le ero mancato fu come un calcio allo stomaco, un pugno al cuore. Ma poterla stringere a me, poterla baciare di nuovo? Maledizione, quasi non mi era sembrato vero.

Era riuscita a rovinarmi di nuovo, perfino peggio di prima. La conoscevo bene, per quanto avessi provato a fingere di non conoscerla affatto. C'era qualcosa che la turbava. Qualcosa o qualcuno l'aveva ferita.

Mi liberai di quei pensieri e gettai la bottiglia vuota nel cestino nell'angolo. Alzandomi, presi la giacca in jeans dall'armadietto e me la infilai prima di uscire. Salutai i ragazzi seduti davanti al televisore e con la spalla aprii la porta che dava al parcheggio. Davanti a me trovai Cade Masters in compagnia di sua moglie, Amelia. Alta quasi quanto lui, con due gambe chilometriche e occhi e capelli colore dell'ambra, era assolutamente bellissima, ma a me non faceva alcun effetto. E meno male, dato che altrimenti sarei incorso nell'ira di Cade.

Erano sposati ormai da qualche anno. Dopo una lunga storia d'amore durante gli anni delle superiori si erano separati, per ritrovarsi poi diversi anni dopo. Magari con Ella avrei avuto la stessa fortuna.

Cade le disse qualcosa e poi le passò le dita tra i capelli, portando la bocca sulla sua in un bacio fugace. Amelia arrossì e fece un passo indietro, notandomi. Dopo avermi salutato si voltò e tornò alla macchina.

Cade rimase fermo ad aspettarmi, come se avesse qualcosa da dirmi.

"Che si dice?" gli domandai, fermandomi davanti a lui.

"Hai visto Ella?"

Scossi la testa. "No, sono giusto passato a trovarla in ospedale dopo l'incidente."

Io e Cade non ne avevamo ancora discusso. Ero piuttosto sicuro non se la fosse presa per il mio intervento forse troppo affrettato, altrimenti non avrebbe esitato a dirmelo.

"So che Beck ti ha fatto storie perché l'hai tirata fuori dall'auto da solo. Ma sappi che avrei fatto la stessa cosa," affermò.

Lo guardai con aria sorpresa e continuò, "Ovviamente capisco il suo punto di vista, ma non ti avrei mai chiesto di restartene fermo con le mani in mano. Però sai com'è fatto, le regole sono regole, ma... Vabbè, spero di essere stato chiaro."

"Chiarissimo," replicai. "Ella come sta?" La domanda mi sfuggì mio malgrado.

Cade mi lanciò un'occhiata, passandosi una mano tra i riccioli scompigliati. Nonostante sprizzasse virilità da tutti i pori, lui ed Ella erano molto simili. Stessi capelli folti castani e occhi verde muschio. Cade era un bravo ragazzo e anche per lui quell'incidente di tanti anni prima era stato traumatico. Ai tempi ero troppo giovane e sconvolto per fare caso agli altri, ma quel fatidico giorno all'ospedale c'erano anche lui e i loro genitori. Teneva molto a sua sorella, ma non parlavamo praticamente mai di lei.

Percependo che non era finita lì, decisi di andare dritto al punto. "È successo qualcosa a Ella? Oltre l'incidente, intendo."

Cade si passò di nuovo la mano tra i capelli e sospirò. "Sai che sono anni che ormai Ella vive per conto suo. E sai anche che quell'incidente l'ha cambiata. Ogni tanto si faceva ancora sentire, ma ha sempre cercato di mantenere le distanze. Però sento che c'è qualcosa che la turba, anche se non so cosa. Aveva trovato il lavoro dei suoi sogni, ma l'ha abbandonato da un giorno all'altro per tornare qui. Non fraintendere, sono felice che sia di nuovo a casa, ma... Sarò pazzo, però ho un brutto presentimento. Sei la persona di cui si fida di più in assoluto, sai," disse piattamente, guardandomi dritto negli occhi.

Senza distogliere lo sguardo, feci un respiro profondo. Mi veniva difficile metabolizzare le sue parole. Dopo l'incidente, Ella mi aveva tagliato fuori dalla sua vita con un bisturi. Proprio non capivo com'è che avrebbe potuto fidarsi così tanto di me. "Ehi, guarda che non ci parliamo neanche."

Cade annuì. "Lo so. Dico solo che per lei sei speciale. Non mi risulta che abbia più frequentato qualcuno, dopo di te. O almeno, nulla di serio."

"Per caso sai cosa l'abbia spinta a tornare?"

Cade si strinse nelle spalle. "Non ne sono sicuro, ma penso c'entri qualcosa il lavoro. Proprio non riesco a capire perché si sia licenziata. Quando l'hanno presa era al settimo cielo perché era il suo sogno. Ma adesso, all'improvviso, ha mollato tutto ed è tornata a casa."

Dopo averci riflettuto un momento, annuii. "D'accordo, proverò a parlarle. Ma fossi in te non ci spererei troppo."

Poi tornai a casa, le parole di Cade che mi rimbombavano nelle orecchie. Anche io avevo avuto lo stesso presentimento. Le era successo qualcosa, ma pregavo non fosse niente di preoccupante.

Capitolo Quattro

ELLA

Restai a guardare l'auto di mia madre uscire dal parcheggio del Wildlands. La mia, purtroppo, non era sopravvissuta all'incidente, ma c'era da aspettarselo. La mia povera berlina era un catorcio da pochi soldi e ripararla mi sarebbe costato troppo. Maledizione, un altro problema da aggiungere alla lista.

Mia madre aveva insistito tanto per accompagnarmi lì e mi aveva pure proposto di lasciarmi la macchina, ma ci avrebbe pensato Holly a riportarmi a casa. Detestavo dipendere dagli altri, ma almeno lì potevo contare sull'appoggio dei miei amici e della mia famiglia. C'era sempre qualcuno disposto ad aiutare, anche nelle minime cose. Tutte gentilezze che magari prima avrei preso per scontate, ma di cui avevo assolutamente bisogno in quel periodo.

Ma tra le cose che più mi erano mancate, Caleb era in vetta alla classifica. Vederlo di nuovo aveva fatto riaffiorare tutti quei sentimenti che avevo rinchiuso in un angolino sperduto del mio cuore.

Mi girai verso il lago di Swan, un luogo che molto

tempo prima era stato tra i protagonisti della mia gioventù. Lo vedevo ogni giorno da casa nostra, in lontananza. Quante estati passate a giocare sulle sue rive, a sguizzarci dentro quando le temperature lo permettevano e a divertirmi tra l'erba alta. Il lago di Swan era il pezzo forte di Willow Brook, con diversi resort che ne puntellavano il litorale.

Degli idrovolanti ormeggiavano sulla superficie dell'acqua, mentre il sole basso all'orizzonte tingeva l'ambiente con sfumature rosa e lavanda. Con un respiro profondo, mi voltai. Holly, una delle mie vecchie amiche del liceo, mi aveva invitata per un drink e quattro chiacchiere. Purtroppo, però, sapevo non sarebbe stato così facile.

Mi avvicinai lentamente alla porta. Nonostante fosse probabilmente il locale più popolare della zona, aperto ormai da anni e anni, non mi era molto familiare. Se non altro perché avevo lasciato Willow Brook subito dopo il diploma. Quel terribile incidente che aveva distrutto il mio rapporto con Caleb mi aveva colpita profondamente. Era come se in quel posto mi sentissi soffocare, quindi ne avevo approfittato subito per fuggire, attanagliata dal senso di colpa e dal dolore. Speravo che spostare la mia vita da un'altra parte avrebbe risolto tutto, ma mi sbagliavo di grosso. Per quanto il mio cervello continuasse a ripetermi che non era stata colpa mia, il mio cuore proprio non voleva saperne di dargli retta.

Jake era morto. Era il migliore amico di Caleb, il ragazzo di Holly e anche amico mio. Il tempo aveva alleviato il dolore ed ero riuscita a ritrovare un certo senso di normalità che non sentivo di meritare. Anche se sempre più saltuariamente, ogni tanto mi ritrovavo ancora a rivivere l'incidente nella mia mente, chiedendomi cosa sarebbe successo se avessi reagito più prontamente. *Se. Se.*

Mi ero trasferita da tutt'altra parte preferendo fuggire a quei ricordi così dolorosi. Negli anni mi ero concentrata fin troppo su altre cose, finendo col rovinare tutto.

Varcai la soglia del Wildlands e attraversai il corridoio, il brusio dalla sala principale che rimbombava ovattato contro pareti. Arrivata nella zona bar mi guardai intorno, cercando Holly. Lei era rimasta a Willow Brook dopo il diploma e, diventata infermiera, aveva iniziato a lavorare nel nostro piccolo ospedale.

Notai i suoi capelli biondi tra la folla, in un angolino del locale. Quando mi vide, mi salutò subito e le rivolsi un sorriso. Nonostante il turbamento interiore, ero contenta di rivederla. Mi feci strada tra i tavoli per arrivare da lei.

Senza neanche lasciarmi il tempo di sedermi, si alzò in piedi e mi abbracciò forte. "Mamma mia! Che bello rivederti," esclamò con voce euforica, lasciando le mani sulle mie spalle.

Mi scappò un sorriso. Era la stessa Holly di sempre, vivace e affettuosa. Alle superiori eravamo inseparabili. Io ero la secchiona silenziosa sempre con il naso tra le pagine di un libro, mentre lei la classica ragazza simpatica ed esuberante. La nostra amicizia era nata durante gli anni dell'asilo e Holly era sempre stata la mia roccia fino al fatidico incidente. Durante gli anni ci eravamo viste di tanto in tanto quando tornavo per le vacanze Nell'ultimo periodo avevo accettato che non potevo passare la vita a fuggire da quei ricordi così dolorosi, quindi avevo ricucito i rapporti.

"Sono tanto felice anche io, sai," le dissi, sfilandomi

la giacca. La lanciai sulla panca e scivolai davanti a lei quando tornò a sedersi.

"Che prendiamo? Un boccale di birra o una bottiglia di vino?" mi domandò.

Mi feci una risata. "Del vino, dai."

Holly sorrise. "Ottima scelta. Mi ha accompagnato Alex promettendomi che poi avrebbe dato un passaggio a entrambe."

Alex era il gemello di Holly e l'avevo sempre visto anche io come un fratello. Sebbene il commento di Holly sembrasse innocente, era carico di un significato più profondo e doloroso. L'autista che aveva ucciso Jake aveva bevuto. Noi tre sopravvissuti non avremmo mai potuto metterci alla guida dopo anche solo un bicchiere di alcol.

Una cameriera si avvicinò a chiederci cos'avremmo preso da bere e ci assicurò che sarebbe tornata presto con il vino. Holly poggiò i gomiti sul tavolo e mi sorrise, gli occhi marroni e affettuosi fissi su di me.

"Ti prego, dimmi che questa volta resti per davvero. Mi manchi tanto," affermò.

"Per il momento ho intenzione di rimanere. Spero di trovarmi bene con il nuovo lavoro all'Università di Anchorage," risposi. Dopo anni di studi intensi ero riuscita a ottenere un dottorato in scienze ambientali, quindi avevo accettato una posizione adatta alle mie competenze.

Holly, diretta come al solito, andrò dritta al punto. "Ottimo. Era ora che tornassi a casa. Guarda che nessuno ti ritiene responsabile di quell'incidente, sai. Lo pensi solo tu. O meglio, solo tu ti senti in colpa per essere sopravvissuta."

Holly mi conosceva fin troppo bene. Non era la prima volta che discutevamo l'argomento, ma non avrebbe mai potuto capire a pieno il mio tormento interiore. Con un sospiro, la guardai negli occhi. "Dobbiamo davvero parlarne di nuovo?"

Mi guardò con aria seria e annuì con decisione. "Sì. Finché non smetterai di piangerti addosso. Non. È. Stata. Colpa. Tua."

Lacrime calde minacciavano di sgorgare e l'emozione mi serrò la gola. Mandai giù un sorso d'acqua, che avevo trovato pieno al mio arrivo. "Lo so, ma se..."

"Niente *ma*. Niente *se*. Quel folle ci è venuto addosso! Non avresti mai potuto evitarlo."

La guardai e feci un respiro profondo. Purtroppo non era così facile. Sapevo che aveva ragione, ma il rimorso era saldamente ancorato dentro di me. Jake era morto mentre io ero al volante. Chiusi gli occhi per cercare di calmarmi, poi la guardai di nuovo. "Lo so. Ci sto lavorando, ok? Possiamo cambiare argomento, grazie?"

Allungò il braccio verso di me e mi strinse con affetto la mano. "Hai ragione, scusami. È che proprio non ce la faccio a vederti così distrutta dopo tutto questo tempo. Comunque, cos'è che ti ha finalmente spinta a tornare a casa?"

"È andato tutto a puttane al lavoro, quindi ho preferito andarmene."

"E che diamine è successo?" indagò.

La guardai negli occhi, sapendo dentro di me che con lei potevo essere onesta. La nostra amicizia era sopravvissuta ad alti e bassi. Bevvi un sorso d'acqua e notai la cameriera che arrivava con il vino. Dopo aver riempito i calici prese le ordinazioni e corse a un altro tavolo. Il vino mi diede quella forza di cui avevo bisogno per confessarle la verità.

Holly agitò una mano per aria, per riportarmi sulla conversazione appena interrotta. "Non era il lavoro dei tuoi sogni? Cos'è successo?"

Ero riuscita a farmi assumere nel dipartimento di scienze ambientali dell'Università di Portland. Ma mai avrei potuto prevedere che sarebbe andato tutto a rotoli così in fretta. Buttai giù un altro sorso di vino e la guardai. "In facoltà c'era un certo Lance Wallace, un altro ricercatore. Lavoravamo in dipartimenti diversi, ma l'ho conosciuto tramite un progetto in comune. Comunque sia, ha iniziato molto presto a farmi il filo. Non essendo interessata, ho ignorato le sue avances. E poi non mi piace mischiare lavoro e vita personale. Finisce sempre male, no?"

Holly annuì. "Non mi dire che ha iniziato a molestarti, ti prego."

"Beh, con il tempo è diventato praticamente ossessionato da me. Un vero stalker. L'ho fatto presente alla responsabile, che ha fatto del suo meglio per aiutarmi. Ma il fatto è che al lavoro Lance non ha mai fatto nulla di inappropriato. Le vere molestie avvenivano fuori dal posto di lavoro. Mi mandava foto mie a pranzo con altri uomini. E non parlo di appuntamenti romantici, sia chiaro! Avrò cambiato numero e indirizzo e-mail chissà quante volte, ma riusciva sempre a rintracciarmi. Non mi dava proprio tregua. Stavo iniziando a impazzire, quindi alla fine ho preferito tornare a casa."

Holly sussultò e sbarrò gli occhi per lo shock. "Ma sei seria?" mi domandò, prima di bere un sorso di vino. "Cioè, certo che sei seria, ma lo trovo davvero assurdo. L'hai denunciato?"

"Sì, ma neanche la polizia ha potuto fare niente perché non mi ha mai minacciata fisicamente..." Sospirai, amareggiata.

Holly mi lanciò un'occhiata pungente e sorseggiò di nuovo il vino. "Quindi te ne sei andata?"

"Proprio così. Purtroppo non c'era molto che potessi fare. La polizia sarebbe intervenuta soltanto se mi avesse messo le mani addosso, praticamente. Ha reso la mia vita un vero inferno e volevo allontanarmi il più possibile da lui. Nonostante avessi trovato il lavoro dei miei sogni, non valeva la pena restare lì. Poi ho ricevuto un'offerta all'Università di Anchorage e ne ho approfittato. Mi mancava proprio tanto questo posto. Qui almeno non può farmi nulla, è un paesino troppo piccolo."

Holly sembrava furiosa. "Oh, non deve neanche azzardarsi a mettere piede qui. Pensi sia così matto da farsi vivo?"

"Sinceramente, non ne ho la più pallida idea. Non sa dove mi trovo e ho cambiato di nuovo numero. Però probabilmente sa che vengo da qui, è nel mio curriculum."

Raccontare la storia a Holly mi aveva tolto un peso notevole dal petto. Anche i miei amici nell'Oregon erano al corrente della situazione, ma nessuno poteva farci niente, purtroppo. Era come se il karma volesse punirmi per la morte di Jake.

Mi sentivo anche profondamente imbarazzata. Avrei dovuto capirlo subito che Lance era un poco di buono. Chissà quante volte mi ero fermata ad analizzare nei minimi dettagli tutte le nostre prime interazioni. Magari era colpa mia, magari gli avevo lanciato involontariamente qualche segnale.

"Promettimi che se si fa sentire mi avvisi subito. Perché in quel caso dovresti avvisare tutti," affermò con decisione.

"Te lo prometto."

Annuì talmente forte che le si sciolse la coda di cavallo. Si infilò l'elastico al polso e bevve altro vino. "Santo cielo. Che casino."

Quella era stata la mia vita ormai da più di un anno e finalmente sentivo di poter tornare a respirare, a distanza di sicurezza da Lance. Però ne avevamo parlato fin troppo. "*Casino* è un eufemismo, guarda. Comunque non voglio più pensarci. Sono tornata a casa."

Holly sorrise e mi propose un brindisi. Sollevai il bicchiere e mandai giù altro vino. Avevo bisogno di allentare la tensione. Avevo bisogno di lasciarmi il passato alle spalle. Tra quello stalker psicopatico, l'incidente di pochi giorni prima e aver rivisto Caleb in quelle circostanze disastrose, le mie emozioni erano totalmente a soqquadro.

Notai che Holly stava guardando altrove e seguii il suo sguardo. Manco a farlo apposta, Caleb stava entrando nel locale insieme a suo fratello minore Nate.

Proprio in quel momento si voltò e incrociò il mio sguardo. In quei giorni non avevo smesso neanche un secondo di pensare alla sua visita in ospedale, alla sensazione di calore avvolta tra le sue braccia. E quei baci erano stati il colpo di grazia.

Avvertii all'istante un fremito al basso ventre. Il cuore prese a battere all'impazzata. Santo cielo, mi era mancato davvero da morire. Il mio mondo si stava sgretolando sotto i miei piedi. Quella corazza che avevo costruito attorno al mio cuore era scoppiata come una bolla di sapone.

Avevo solo diciott'anni quando quel terribile incidente ci aveva sconvolto la vita. Ero giovane, ambiziosa e innamorata pazza di Caleb. Ma quella tragedia aveva obliterato la mia innocenza. La separazione con Caleb mi aveva distrutta, tormentata da un forte senso di colpa e un dolore mai provato prima di allora. Ero stata trasportata al centro ustioni di Anchorage con gravi ustioni a una gamba e sul fianco. Mi avevano lasciato brutte cicatrici che avrei portato per tutta la vita. Oltre la sofferenza fisica, quella psicologica era assolutamente insopportabile.

La sindrome del sopravvissuto era ancora una brutta bestia, ma negli anni avevo fatto molta strada. Il fatto stesso che fossi tornata a casa era un passo da gigante. Ormai non ne potevo più di fuggire. Mi ero fatta seguire da una psicologa per riuscire finalmente a superare il trauma. A detta sua era arrivato il momento di fermarmi e smetterla di fuggire dal mio passato. Nonostante la mia rabbia iniziale, aveva assolutamente ragione.

Probabilmente sarebbe stato difficile annientare tutti quei demoni che mi avevano tormentata ormai per anni, ma dentro di me non desideravo altro che l'opportunità di poter ricominciare da capo. La tentazione di tornare a casa era già forte, ma i problemi con Lance erano stati la spinta di cui avevo bisogno.

La convinzione che la storia d'amore con Caleb andasse lasciata nel passato era radicata nel profondo. Ero consapevole del fatto che non avesse preso bene la rottura. Oh, l'aveva dimostrato senza mezzi termini. La morte di Jake ci aveva scossi troppo, era stato impossibile controllare la rabbia. Poi negli anni successivi avevamo iniziato a vederci sempre di meno, sempre più raramente, giusto quando tornavo a casa per le vacanze.

Una volta, alla notizia che aveva iniziato a frequentare un'altra donna avevo cercato di autoconvincermi che fosse meglio così, per entrambi.

Quell'incidente aveva portato il caos più totale nella mia vita. L'unica costante su cui potessi fare affidamento era lo studio. Ero sempre stata una ragazzina molto intelligente, diciamo anche secchiona. Con il naso dietro un libro dopo l'altro ero riuscita a sopportare almeno in parte il dolore, sia fisico che psicologico. Con gli anni avevo sviluppato una passione per le scienze ambientali. In fondo venivo dall'Alaska, dove gli effetti del cambiamento climatico si facevano sentire ormai da anni. Dopo la laurea avevo preso un dottorato nell'Oregon, per poi iniziare a lavorare nella mia università.

Ma l'Alaska mi era sempre mancata da morire. Così come mi erano mancati da morire Willow Brook e Caleb. Ma continuavo a ripetermi che con gli anni ormai nulla era più rimasto come un tempo, che non potevo tornare a casa e aspettarmi di ritrovare quella stessa vita che mi ero lasciata alle spalle.

Eppure, alla fine avevo comunque deciso di tornare, senza però un vero piano per provare a colmare quel divario creato dal tempo, la lontananza e i ricordi. Ma non mi sarei certo arresa così facilmente.

Caddi dalle nuvole quando Holly si schiarì rumorosamente la gola. Spostai lo sguardo da Caleb, imbarazzata.

"Sai, forse è arrivato il momento," disse.

"Che momento?" le chiesi, confusa, cercando con tutte le mie forze di tenere gli occhi puntati su di lei, ignorando Caleb e Nate.

"Di dare una seconda chance a Caleb," rispose schietta. "Non che ne abbia mai parlato, ma sono convinta che non ti abbia mai dimenticata. So che tra di voi è finita molto male. Ma è stato un momento molto difficile per tutti noi ed eravamo troppo giovani per sapere come affrontarlo."

"Ah, beh, *difficile* non è la parola che avrei usato io."

"Sai, Jake mi manca ancora adesso," affermò con voce colma d'affetto. "Ma restando qui ho dovuto imparare a convivere con la sua scomparsa. Le tragedie fanno parte della vita, ma dentro di noi abbiamo tutti la forza per andare avanti."

Mi si strinse il cuore, attanagliato da quel dolore così tanto familiare. Però non potevo più permettere che quella sofferenza dettasse la mia vita. Con una botta di coraggio, le strinsi la mano.

Ricambiò il gesto e mi rivolse un sorrisetto furbo. "Se te lo stai chiedendo, sta venendo qui. Caleb non lo vedo spesso, ma Nate e Alex sono ancora grandi amici," disse, riferendosi a suo fratello. "E quindi lo vedo praticamente sempre."

Caleb e Nate si fermarono al nostro tavolo. Nate aveva qualche anno in meno di suo fratello, come me e Holly. Aveva i suoi stessi capelli castani e l'aria da bonaccione. Era un pilota estremo che si avventurava nelle zone più remote e selvagge dell'Alaska. Mi guardò con un sorriso sulle labbra. "Che piacere rivederti, Ella."

"Anche per me. Quanto tempo sarà passato? Proprio non ricordo," replicai.

Nate si strinse nelle spalle. "Nemmeno io. Ma ho sentito dire che questa volta resti."

"Allora hai sentito bene."

Gli occhi di Caleb trovarono i miei e iniziò a battermi forte il cuore, mentre uno stormo di farfalle prese a vorticarmi nello stomaco. Maledizione, speravo che dopo tutti quegli anni non mi avrebbe più fatto quell'effetto. Riusciva proprio a farmi impazzire.

"Possiamo unirci a voi?" chiese Nate.

"Certamente," rispose Holly, spostandosi per fargli spazio.

Ovviamente, Caleb dovette sedersi accanto a me. Il suo profumo così familiare e il calore del suo corpo risvegliarono i miei sensi. La sua vicinanza mi faceva fremere tutta.

Nonostante l'ansia, con loro tre mi sentivo proprio a mio agio. Era da troppo tempo che non mi sentivo così rilassata. Le mie vecchie inquietudini svanirono e quel peso soffocante sul cuore si alleggerì. Tutto quel dolore che in passato ci aveva legati iniziava ad apparire più tollerabile.

Nate ci raccontò qualche sua avventura, divertendosi a prendere in giro suo fratello. "Fidati, il mio lavoro è molto più stressante del tuo," lo provocò facendogli l'occhiolino, dopo aver raccontato di un atterraggio alla cieca su una pista sterrata.

Il suono profondo della risata di Caleb mi provocò un brivido lungo la schiena. "Sì, certo. Come dici tu."

"Secondo me il lavoro più stressante ce l'ha Holly," commentai.

Nate mi lanciò un'occhiata. "E perché? Lavora all'ospedale. Non corre alcun rischio."

"D'accordo, ma chissà quante emergenze deve affrontare ogni giorno. Tu almeno puoi decidere di evitare il pericolo. Nel senso, se il tempo non è dei migliori, puoi sempre decidere di non partire." Feci una pausa e Nate mi rivolse un sorrisetto. "Mentre Caleb, invece, quando è davanti a un incendio ci pensa l'adrenalina a farlo andare avanti. Mentre al pronto soccorso, invece, Holly deve pensare a fare il suo lavoro in un ambiente in cui un sacco di gente dà di matto tutta insieme. Oh, fidatevi, scommetto che è stressante da morire."

Holly sorrise e bevve un sorso di vino, dando una gomitata a Nate. "Vedi? Fare il pilota non è poi così difficile, eh?"

"Ehi, guardate che ogni giorno ho nelle mie mani la vita di almeno sei persone," replicò lui con un sorrisetto.

Al che, intervenne Caleb. "È vero. In Alaska il suo è tra i lavori più pericolosi, statisticamente parlando. È per questo che mamma è sempre così preoccupata."

Nate alzò gli occhi al cielo. "Sono ancora il suo bambino, quindi si preoccupa letteralmente per ogni cosa. Continuo a ricordarle che sei tu quello che si butta di continuo tra le fiamme."

La cameriera arrivò con il nostro cibo e poi prese l'ordinazione di Caleb e Nate.

Holly li guardò. "Ah, mica vi aspettiamo, ragazzi. Ho una fame da lupi," dichiarò.

Nate alzò gli occhi al cielo e Caleb rise. Dopo un po' arrivarono le bevande che avevano ordinato e durante la cena si fermò al tavolo qualche altro vecchio amico per salutare. Era proprio bello essere di nuovo a casa. Erano anni che non passavo una serata così piacevole.

Mentre Caleb aspettava il suo hamburger, ogni tanto mi rubava qualche patatina. Un gesto così insignificante che avrà fatto almeno un centinaio di volte durante la nostra relazione. Come tutti i ragazzini di quell'età, anche lui era stato un pozzo senza fondo. Mentre Nate stava raccontando a Holly di un progetto che stava portando avanti con Alex, sollevai lo sguardo proprio mentre Caleb si metteva in bocca una delle mie patatine. Si rese conto soltanto in quel momento della situazione.

Restammo immobili, occhi negli occhi. Il mio stomaco fece una capriola, mi si strinse piacevolmente il cuore e un'emozione travolgente mi serrò la gola. Ma non era una brutta sensazione. Anzi, mi sentii invadere da un senso di felicità che non sapevo bene come decifrare. Con un respiro profondo, la tensione si smorzò.

Non riuscii a trattenere un sorriso. Caleb rispose con un ghigno e mi rubò un'altra patatina. Poco dopo, arrivarono anche i loro piatti.

"Allora, Ella, che piani hai?" mi chiese Nate tra un morso e l'altro.

Mandai giù il boccone e bevvi un sorso d'acqua, poi lo guardai. "In che senso?"

"Hai davvero intenzione di restare? Penso vogliano saperlo tutti, sai."

Caleb mormorò qualcosa che però non compresi. Riportando la mia attenzione su Nate, annuii. "Non sapevo ci fossero tanti curiosi, però sì, resterò qui. Ho accettato un lavoro all'Università di Anchorage. Potrò occuparmi delle lezioni e della ricerca da casa, ma dovrò comunque andare ad Anchorage una volta alla settimana."

Sentii lo sguardo di Caleb su di me e lo incrociai. I suoi occhi color cioccolato nascondevano un qualcosa che non compresi. Mi si strinse di nuovo il cuore e feci l'ennesimo respiro profondo per ricompormi.

"Oh, menomale. Sei mancata tanto a tutti," commentò Nate.

Nate non era noto per la sua discrezione. Holly gli diede un'altra gomitata, come per rimproverarlo. "Ma certo che ci è mancata. Lo sa benissimo."

"Dicevo tanto per dire," replicò lui, masticando un pezzo di hamburger. "Ho detto a Caleb che..."

"Ehi," lo interruppe suo fratello, in tono forse un po' troppo minaccioso.

Nate sollevò la testa, con aria innocente. Ero proprio curiosa di sapere cos'avrebbe voluto dire.

Mentre i ragazzi finivano la cena, sorseggiavo il mio vino. Alla fine, Alex arrivò a prenderci come aveva promesso. Holly si alzò e mi lanciò un'occhiata, aprendo la bocca per dire qualcosa. Però venne anticipata da Caleb. "Ella la accompagno io. È sulla strada di casa, tanto."

Casa dei miei genitori era davvero vicina a quella dei suoi, ma dubitavo che vivesse ancora con loro. Però volevo approfittarne comunque per passare qualche minuto in più insieme a lui.

Nate si alzò per permettere a Holly di passare e poi lei mi lanciò un'occhiata indagatrice. "Torno con Caleb, tranquilla. È stato un piacere rivederti, Alex," aggiunsi, incrociando il suo sguardo. Speravo proprio che nessuno ci vedesse niente di strano.

Alex sorrise. "È stato un piacere anche per me. Holly mi stava mangiando la testa da quando sei tornata. Non la sopportavo più."

Durante la conversazione, ci alzammo tutti da tavola e Alex si avvicinò ad abbracciarmi. Alto e smilzo, aveva gli stessi capelli biondi e occhi marroni di sua sorella. "Ci vediamo presto, dai," commentò, lasciandomi andare.

Poi mi abbracciò Holly, sussurrandomi all'orecchio, "Sicura che non vuoi un passaggio?"

"Sicura," mormorai.

"D'accordo, allora ci sentiamo domani," disse, facendo un passo indietro. Poi i due gemelli salutarono tutti e se ne andarono.

Nate mi abbracciò quando qualcuno lo chiamò dalla zona biliardo. "A presto," mi disse, facendo l'occhiolino a Caleb.

Io e Caleb ci ritrovammo all'improvviso da soli. Lo guardai e il ronzio di voci attorno a noi svanì. I nostri occhi si trovarono e una violenta scarica elettrica mi attraversò il corpo, mentre un caldo languore mi dilagava nel basso ventre. Avevo dimenticato quanto potesse essere intenso quello sguardo. In quel momento riusciva a farmi sentire l'unica persona in tutto l'universo. Senza dire una parola, indicò l'uscita con un cenno del capo e si girò, aspettando che mi avviassi. Prima di seguirmi, prese il portafogli e lanciò le banconote sul tavolo.

Mi feci strada tra i tavoli, con la presenza imponente di Caleb alle spalle. Ero leggermente brilla, ma non troppo. Caleb invece aveva bevuto soltanto dell'acqua. Uscendo fuori nell'aria fresca serale, mi fermai davanti alla porta che si era richiusa alle nostre spalle.

"Non so che macchina hai," gli dissi, quando si fermò al mio fianco.

La fioca luce del crepuscolo illuminava le nostre figure, mentre una brezza fredda soffiava nel parcheggio, agitando i rami degli alberi. Qualche foglia giallastra si librava nell'aria, dando un tocco di colore.

Il tempo stava diventando un concetto astratto. Il passato mi stava schiacciando e allo stesso tempo sorvolando. Perché con Caleb condividevo un senso di familiarità unico. Il grido di un'aquila spezzò il silenzio, sovrastando il mormorio distante di voci nel locale.

Il suono improvviso rovinò il momento. Con il corpo in fiamme, guardai Caleb. Era come se i suoi occhi profondi potessero scavarmi dentro l'anima. Si voltò e lo seguii, mentre la ghiaia scricchiolava sotto i nostri piedi.

Ci fermammo davanti a un pick-up nero che riconobbi all'istante dal giorno dell'incidente. Probabilmente quell'uomo riusciva a farmi sentire così al sicuro perché il destino l'aveva portato da me nel momento del bisogno ben due volte. Eppure, dietro c'era molto di più. Non ero una donna che riusciva a fidarsi facilmente degli altri, non più.

Il cyber-stalking mi aveva rovinata. Non riuscivo più a fidarmi di niente e di nessuno, nemmeno del mio raziocinio, della mia sanità mentale e della mia sicurezza. Ma Caleb riusciva a placare qualsiasi mio nervosismo. Non mi sentivo così tranquilla da troppo tempo.

Girai il pick-up per andare al posto del passeggero. Mi voltai e trovai il suo sguardo puntato su di me. Avevo dimenticato quanto fosse bello. Ma non perché non l'avessi più visto in quei dieci anni dall'incidente. L'ultima volta era stata cinque anni prima, una breve interazione durante una delle mie vacanze. Vederlo era stato peggio di una pugnalata al cuore, ma non potevo permettermi di soffrire ancora. Quei sentimenti non facevo che rinchiuderli in un angolino del mio cuore, per proteggermi.

Eppure, in quel momento era come se nulla fosse cambiato. Nella tenue luce serale, il suo sguardo mi faceva battere forte il cuore e mi sentivo travolta da emozioni contrastanti. Fece un passo e si fermò davanti a me, finché la mia schiena non toccò la portiera. Trattenni il fiato, sentendo una vampata di calore pervadermi il corpo.

Sollevò una mano per spostarmi una ciocca ribelle dal viso, portando poi le dita sulla ferita in una carezza. "Vedo che sta sparendo," disse, con voce roca.

La mia voce non fu altro che un sussurro. "Non fa più male. Fra qualche giorno mi tolgono i punti."

Mi spostò i capelli dietro l'orecchio e un brivido caldo mi pervase quando le sue dita callose mi sfiorarono la pelle.

"Cosa intendevi quando hai detto che ti sono mancato?" mi domandò, riferendosi alla mia accidentale confessione della settimana prima.

Il martellio del mio cuore era diventato assordante. Un miscuglio di emozioni e sensazioni mi si agitava dentro. Con un respiro tremolante, mandai giù il groppo alla gola. "Direi che il significato è ovvio."

"Perché sei tornata?"

Lo guardai negli occhi. Non mi sentivo pronta a spiegargli tutto. Non ancora.

Non avrei saputo nemmeno da dove cominciare. Come avrei potuto spiegargli che mi ero finalmente decisa ad affrontare la realtà? Che non volevo più fuggire? Ero arcistufa di quel profondo senso di colpa che mi aveva tormentata per anni. Mi odiavo per la morte di Jake, ero convinta che in un qualche modo avrei potuto evitarla. Eppure era arrivato il momento di mettere il cuore in pace. O almeno di provarci. Ma la spinta finale me l'aveva data Lance. Non ne potevo proprio più. Santo cielo, la mia vita era un vero disastro. Ma non era il momento per rimuginare sul passato.

Lo sguardo penetrante di Caleb mi trafisse l'anima, quella parte più intima di me di cui negli ultimi anni avevo iniziato a diffidare. Soffocai l'ansia e feci un bel respiro profondo, decidendo di tagliare corto, ma senza comunque mentirgli. "Mi mancava questo posto. Era arrivato il momento di tornare a casa."

I suoi occhi intensi presero a studiarmi il volto, mentre mi passava le dita tra i capelli. "Tutto qui?"

Mi strinsi nelle spalle. Non volevo più parlarne, non in quel momento. Perché non sarei riuscita a mentire ancora a lungo, ma neanche a raccontargli tutta la verità. Certo, c'era stato un susseguirsi di eventi che mi aveva spinta in quella direzione, ma quel desiderio di tornare a casa era ancorato al mio cuore da sempre. Il resto preferivo ignorarlo, mi faceva sentire piccola piccola e vulnerabile.

Quindi mi concentrai su qualcos'altro... quel caldo languore al basso ventre e i fili che mi stavano ricucendo a lui. Gli feci scivolare la mano dietro la nuca e portai le sue labbra alle mie.

Ricambiò subito il bacio, senza insistere oltre. Il

contatto fu come una scossa elettrica che si propagò dalla bocca a tutto il corpo. Un fuoco si accese dentro di me, intenso e delizioso. Mi sfuggì un gemito e poi la sua lingua trovò la mia, facendomi finalmente dimenticare tutto il resto.

Capitolo Cinque

CALEB

Mi ero detto che non avrei baciato Ella. Mi ero detto che doveva esserci qualcosa che la turbava e che avrei scoperto cosa. Mi ero detto che dovevamo risolvere tutti quei problemi che un tempo ci avevano separati. Mi ero detto un sacco di cose.

Eppure, la volontà del mio corpo superava di gran lunga quella della mente. Quando mi strinse a sé e si mise in punta di piedi passandomi una mano tra i capelli, il mio cervello andò completamente in tilt. Sentire le sue morbide labbra sulle mie fu l'ultima goccia. I movimenti sinuosi delle nostre lingue mi stavano facendo perdere completamente il controllo.

Per mia esperienza personale, il primo amore era circondato da un'aura di particolare innocenza. Il rapporto tra me ed Ella era fondato su una passione primordiale, un senso di purezza. Il perfetto connubio tra dolcezza e seduzione. Mi aveva regalato tante prime volte che mai avrei potuto dimenticare. I sentimenti che provavo per lei erano profondi e sinceri. Ma poi la tragedia ci aveva separati, sconvolgendo le nostre emozioni in maniera quasi irreparabile.

La sua esitazione mi preoccupava. Avevo paura che mi avrebbe chiuso di nuovo la porta in faccia. E invece, era bastato il minimo contatto per farla sciogliere contro di me. Era sempre stata una donna sfrontata, con una vena di sregolatezza. E in quel momento aveva tirato fuori proprio quel lato. Mi prese le dita tra i capelli e le sfuggì un altro gemito. D'istinto, mi spinsi ancora di più contro il suo corpo, afferrandole con forza i capelli.

Ero riuscito a soffocare tutto quel desiderio, in stato di ibernazione forzata per troppi, troppi anni. Nessun'altra donna era mai stata all'altezza di Ella. Quelle poche relazioni semi-serie della mia vita si erano spente tutte molto presto. Perché stavo cercando qualcosa di ben specifico, qualcosa che potesse avvicinarsi anche solo lontanamente all'impetuosità del rapporto tra me ed Ella.

All'inizio avevo dato la colpa alla nostra rottura: improvvisa, quasi violenta, in un momento di debolezza e turbamento che in realtà ben poco c'entravano con quel nostro amore spensierato. Eppure, non eravamo riusciti a salvarlo. Disperato e affranto dalla perdita del mio migliore amico e preoccupato per le condizioni in cui versava Ella, mi era andato in tilt il cervello. Lei mi aveva allontanato e io le avevo sputato veleno addosso.

E poi mi era toccato vivere per anni con quel soffocante senso di rimorso. Per un qualche assurdo motivo, era convinta che in realtà avrebbe potuto evitare quell'incidente fatale. Stavamo soffrendo tutti, ma lei si stava portando sulle spalle un macigno. Giovane com'ero, non ero stato in grado di aiutarla a reggerlo, troppo inesperto nel campo delle emozioni.

Quando la settimana prima l'avevo stretta dopo anni tra le braccia, una miriade di sentimenti erano riaffiorati in superficie. Mi era mancata da impazzire. E in quel momento, le nostre labbra si erano fuse insieme come fossero una cosa sola. Avrei potuto baciarla all'infinito.

Le passai la mano tra i capelli e giù lungo la schiena, fino a palparle una natica. Quante volte avevo fantasticato su quel sedere a forma di cuore, così perfetto e rigoglioso. Con un gemito inarcò il bacino verso il mio. Ce l'aveva già duro come il marmo, pronto per lei. Ammetto che era sull'attenti da quando mi ero seduto accanto a lei.

Portai leggermente indietro la testa, mormorando con voce roca il suo nome per poi tracciarle una scia ardente di baci lungo la curva del collo, strappandole gemiti e versetti deliziosi. Il rumore di una porta in lontananza mi scosse dalla trance. Soltanto in quel momento ricordai che ci trovavamo in un luogo pubblico, nel parcheggio posteriore del Wildlands. Ma non potevo neanche sopportare il pensiero di allontanarmi da lei, quindi rimasi fermo immobile. Così vicino, il battito del suo cuore rimbombava nel mio petto, furioso e rapido come il mio.

Aprii gli occhi e incrociai i suoi, di un verde intenso con qualche riflesso dorato. Aveva le labbra gonfie per il bacio, lo sguardo perso. L'aria era carica di una forte tensione sessuale che la faceva vibrare.

"Vieni a casa mia," mormorai.

Ella mi guardò con occhi velati, che si fecero subito più seri. "Non credo sia una buona idea," rispose.

"E perché non dovrebbe?"

Le sfuggì una risata e sbarrò leggermente gli occhi.

"C'è un altro?" le domandai.

Scosse con decisione la testa, mentre un lampo di amarezza le attraversava gli occhi.

Decisi di non indagare oltre, perché tanto probabilmente non avrebbe comunque chiarito i miei dubbi.

"Tu invece frequenti qualcuno?" mi chiese a sua volta.

Scossi la testa. "No."

Occhi negli occhi, non riuscivamo a distogliere lo sguardo. La tensione non faceva che aumentare e avevo bisogno di portarla a casa mia, ma sapevo che insistere sarebbe stato rischioso. Non potevo correre troppo. Eppure, il mio desiderio era quasi più forte della mia volontà.

"Vorrei dirti di sì," affermò infine Ella, senza aggiungere nient'altro. Si prese il labbro tra i denti, continuando a guardarmi. Un barlume di speranza si accese nel mio cuore, mentre il mio corpo iniziava a fremere per l'anticipazione. "Ma i miei genitori mi stanno aspettando." Qualcos'altro le attraversò lo sguardo. Inquietudine. O forse, paura. "Forse dovremmo prendere le cose con più calma."

C'erano una marea di cose che avrei voluto dirle, ma non sarebbero state opportune. Non potevo rischiare un'altra volta di darle tutto il mio cuore per poi ritrovarlo in mille pezzi.

Non sapevo più nulla sul suo conto. Magari era tornata a casa dopo una brutta rottura con un altro uomo e mi voleva soltanto come rimpiazzo. E così, per quanto difficile, mi costrinsi a lasciarla andare.

Per strada, realizzai che l'ultima volta che ero salito in macchina con Ella era stata la sera dell'incidente. Fu un brutto colpo, ma un forte senso di familiarità mi assalì.

Capitolo Sei

ELLA

Entrai nella cucina dei miei genitori e trovai mia madre intenta a preparare la colazione. Georgia Masters, la bibliotecaria del paese, era una vera forza della natura. Era una donna pratica e una madre sempre presente e premurosa.

Voltò la testa ancora prima che pronunciassi una parola. "Siediti pure, tesoro. Ti porto subito del caffè e delle uova."

"Mamma, guarda che riesco a versarmelo anche da sola il caffè, sai. Non c'è mica bisogno che mi prepari sempre la colazione."

Ero lì da poco più di una settimana e ogni mattina insisteva per cucinare. Ovviamente non mi dispiaceva affatto. Mia madre era un'ottima cuoca e adoravo tanto, ma proprio tanto, ricevere tutte quelle attenzioni.

Posò la spatola sul ripiano, mentre un sorriso le arricciava gli angoli dei suoi splendidi occhi verdi, che brillavano ancora più luminosi grazie ai capelli ormai argentati. "So che non ce n'è bisogno. Ma erano anni che non passavi così tanto tempo a casa, quindi voglio viziarti come si deve," replicò con decisione.

Spense il fornello sotto le uova strapazzate e indicò il tavolo. "Siediti."

Ricambiai il suo sorriso e mi avvicinai a passo svelto. "Il caffè me lo prendo da sola."

Me ne versai una tazza e poi aggiunsi un goccio di crema di latte prima di sedermi a tavola. Iniziai a sorseggiare il mio caffè, con lo sguardo fuori dalla finestra della cucina. Ci trovavamo in una zona dell'Alaska piuttosto rocciosa e collinare, dove in lontananza si ergeva il monte Denali, la cima più alta del nord America e il fulcro della Catena dell'Alaska. La cucina dava su un prato verde attraversato da un fiumiciattolo. In quel momento realizzai perché mi era mancato così tanto quel posto. I panorami erano mozzafiato e la vita era totalmente immersa nella natura.

Continuai a gustarmi il mio caffè, ammirando la vista e abbandonandomi a un piacevole senso di relax. Era proprio bello essere di nuovo a casa. Qualche minuto dopo mia madre si unì a me a tavola, servendo due piatti di uova strapazzate con feta e peperoni. Tutto delizioso.

Ripensando a Lance, ciò che più mi rodeva era il fatto che in realtà avrei dovuto aspettarmelo. Mi aveva lasciato subito una cattiva impressione, ma sinceramente non mi sarei mai immaginata quel livello di follia. Mia madre era una donna così forte, intelligente e indipendente. Non poter essere alla sua altezza era imbarazzante.

La vergogna era una brutta bestia. Si ancorava al cervello senza mollarlo più, controllando ogni azione. Era pure una buona amica del rimorso. Due sentimenti che funzionavano in modo particolarmente simile nella nostra testa. Dopo la morte di Jake avevo parlato con la mia psicologa di quel senso di colpa che continuava a tormentarmi. A detta sua la scelta era una e una soltanto: avrei dovuto accettare il fatto che le tragedie fanno parte della nostra vita e che non sempre c'è un vero responsabile. Aveva cercato in tutti i modi di convincermi, continuando a ripetermi che la colpa non era mia. Alla fine era scattato qualcosa dentro di me e avevo iniziato ad accettare la possibilità di lasciarmi alle spalle tutto quel rimorso. Speravo davvero che smettere di fuggire e tornare a casa fosse l'ultimo step del processo.

Da quell'incidente non si poteva tornare più indietro. Un singolo evento, triste e straziante, che aveva sconvolto il mio cuore e la mia mente. Perfino quando Lance aveva iniziato a stalkerarmi, nella mia testa riconducevo il problema a quell'incidente. Una parte di me era convinta che non meritassi più di essere felice, che la crudeltà di Lance me la fossi cercata, mentre quella più ragionevole sapeva fin troppo bene che quel ragionamento non aveva alcun senso.

L'esperienza di stalking mi aveva fatta letteralmente impazzire. Lance non era altro che un collega di lavoro, non condividevamo alcun legame personale. Eppure, era riuscito a terrorizzarmi da dietro uno schermo, procurandomi un senso di insicurezza soffocante senza nemmeno sfiorarmi con un dito.

Bevvi un sorso di caffè, riflettendo su come avrei potuto parlare della vicenda alla mia famiglia. Telepatica come sempre, mia madre alzò la testa e il suo sguardo perspicace mi studiò il viso. Mandò giù un boccone con del caffè e poi inclinò leggermente la testa di lato. "Mi ha chiamato Susan, sai."

Merda. Susan era l'unica amica dell'Oregon a cui avevo raccontato tutto. Per pura coincidenza, durante una sua visita avevo ricevuto l'ennesimo mazzo di fiori a casa... l'ennesimo mazzo di fiori sgradito che avevo gettato subito nel cassonetto del cortile, per poi ricevere il mattino seguente un'e-mail di Lance, affatto contento del mio rifiuto.

Sei una donna forte, Ella. A tua madre puoi dire tutto.

Dentro di me sapevo che almeno lei non mi avrebbe mai giudicata.

"E che ti ha detto?"

"Beh, mi ha parlato di quel Lance, tesoro. Perché non me ne hai parlato? È per questo che sei tornata a casa?" mi chiese, la voce quasi ferita.

Provai una fitta al petto e mi si rivoltò lo stomaco. Tutto quel senso di pace che ero finalmente riuscita a trovare sparì in un istante.

"Volevo tornare a casa comunque," le risposi. "Lance mi ha solo dato la spinta finale. Spero soltanto che si dimentichi di me, ora che non lavoriamo più insieme. Però ho paura possa comunque rintracciarmi. Nel mio curriculum c'è scritto tutto."

Probabilmente sapeva già tutta la storia, dato che a Susan avevo raccontato ogni dettaglio. Mia madre socchiuse gli occhi, senza dire nulla.

"Mi dispiace, mamma..."

"Oh, no, tesoro. Non devi scusarti. Sono solo arrabbiata con quell'uomo. Susan mi ha spiegato che era ormai più di un anno che ti tormentava, giusto?" Quando annuii, continuò, "Stasera ne parlerò con tuo padre per trovare una soluzione."

Mio padre era il capo della polizia di Willow Brook, un vero paladino della giustizia. Il passato si stava ripetendo. I miei genitori volevano intervenire proprio com'era successo dopo l'incidente. Era come se non riuscissi mai a prendere in mano la mia vita da sola; ogni singola volta una qualche forza esterna mandava tutto a rotoli.

Dopo l'incidente alle superiori la mia famiglia mi era rimasta accanto, sia in ospedale che durante il periodo di convalescenza. Ormai era già la seconda volta che Caleb mi salvava. Per una volta, volevo riuscire a farlo con le mie forze.

"Non sei tornata a casa per questo? Perché qui ti saresti sentita al sicuro e meno sola?"

Provai a trattenere le lacrime, che sgorgarono comunque copiose. "Volevo tornare a casa perché mi mancava questa vita. Sono arcistufa di finire in situazioni scomode da cui mi tirano sempre fuori gli altri. Stavo riuscendo a gestire tutto da sola, sai. Se lo dici a papà, so che..."

Mia madre scosse bruscamente la testa. "Le persone sono fatte così, tesoro. Aiutano chi si trova in difficoltà. Tu non faresti la stessa cosa per una tua amica? So che non è semplice chiedere aiuto. Ma sappi che non lo nasconderò a tuo padre, quindi non chiedermi di farlo," dichiarò senza mezzi termini.

"E così lo scopriranno anche Cade e tutti gli altri," mormorai, riferendomi a mio fratello maggiore. Ovviamente lo adoravo, ma non volevo si preoccupasse inutilmente per me.

Con un respiro profondo, bevve un sorso di caffè e mi lanciò un'occhiata penetrante. "Tuo fratello ti vuole bene. Perché non ce ne hai parlato prima? Trovo assurdo che questa storia sia andata avanti per più di un anno."

Avrei voluto fare una scenata, ma in realtà ero finalmente riuscita a togliermi un peso enorme dalle spalle. Mia madre aveva ragione. Cocciuta com'ero, avevo provato a risolvere la situazione da sola, senza però riuscirci. La guardai, asciugandomi le lacrime. "Speravo che prima o poi decidesse di lasciarmi in pace."

Continuò a guardarmi senza dire nulla, finché la sua espressione non si incupì. "Le persone come lui non si fermano finché qualcun altro non le ferma."

Quella tensione che per così tanto tempo mi aveva attanagliato il cuore stava iniziando a dissiparsi. "Va bene. So che non posso impedirti di parlare con papà, quindi se mi dai un po' di tempo lo farò direttamente io."

Allungando la mano, strinse dolcemente la mia. "Ti ringrazio."

Continuammo a mangiare in silenzio per un po', finché non decise di cambiare argomento. "Ehi, perché non mi parli un po' del nuovo lavoro? Anzi, ieri sera ho visto che ti ha riaccompagnata a casa Caleb."

Ignorai il rossore che mi tinse le guance. "Mamma, mi ha solo dato un passaggio, tutto qui."

Ovviamente non mi soffermai a raccontarle di quel bacio mozzafiato che mi aveva fatta sciogliere ai suoi piedi. Ero sicura avrebbe fatto i salti di gioia, ma non mi sentivo pronta a dirglielo. Non ancora.

"Beh, come sai, ho accettato una posizione all'Università di Anchorage, nel dipartimento di studi ambientali. Durante i vari semestri terrò qualche lezione seguendo il loro programma ibrido, ovvero quasi tutto online e un po' in presenza. Dovrò recarmi ad Anchorage una volta alla settimana, ma per il resto potrò lavorare da casa. Quindi è perfetto per le mie esigenze. Se hai bisogno di comprare qualcosa in città, conta pure su di me. L'unico problema è che devo trovare un posto dove stare."

I suoi lineamenti si contrassero. "Per il momento preferirei restassi da noi. Almeno qui non sei sola."

Incrociai il suo sguardo ferreo. Ero lì lì per mettermi a discutere. Lance mi aveva praticamente rovinato la vita, tormentandomi con i suoi messaggi e le e-mail. Nonostante non mi si fosse mai avvicinato fuori dall'orario di lavoro, detestavo non avere nessuno su cui appoggiarmi.

Alla fine scossi la testa, sospirando. "Vediamo che succede, ok? Tranquilla, mamma, non farò stupidaggini. Spero di riuscire a lasciarmi quel passato alle spalle."

Finii il caffè e mi alzai da tavola. "Devo andare a prepararmi, oggi vado ad Anchorage."

Mia madre annuì e si mise davanti a me. Prendendomi tra le braccia, mi strinse forte. I suoi abbracci erano speciali, riuscivano sempre a trasmettermi un po' della sua forza. Animata da una nuova determinazione, la lasciai andare.

"Oggi che fai?" le chiesi.

"Vado in biblioteca, come al solito," rispose con un sorriso.

***

Più tardi, stavo attraversando i corridoi dell'università. Avevo già incontrato alcuni dei miei nuovi colleghi, tutte persone per bene. Mi sentivo come rinata, in un posto nuovo in cui avrei potuto insegnare e continuare le mie ricerche senza preoccuparmi di essere spiata da qualcun altro.

Dovendo lavorare perlopiù da casa ovviamente non avevo un ufficio tutto mio, però c'era una specie di area relax a disposizione per gli altri docenti nella mia stessa situazione. C'era gente da ogni angolo dello Stato. Geograficamente parlando, l'Alaska si estendeva su una superficie molto ampia ed era lo Stato più vasto dell'Unione, che da solo copriva un quinto del territorio statunitense. Eppure, allo stesso tempo era anche un posto piuttosto piccolo. I paesini remoti come

Willow Brook erano speciali, con un senso di comunità unico. Tutti erano disposti a fare sacrifici per vivere in un posto simile. Ma con gli spettacoli che ci regalava la natura, ne valeva assolutamente la pena.

Tornando a casa da Anchorage, quel nodo che mi aveva stretto con forza la bocca dello stomaco aveva iniziato ad allentarsi. Ero proprio felice di essere di nuovo a casa.

La strada che collegava la città a Willow Brook era fenomenale. Da un lato si estendevano per chilometri i monti, mentre quello opposto dava sull'oceano. In autunno l'Alaska diventava uno splendido caleidoscopio di colori caldi. Gli alberi sempreverde non erano molto comuni sul territorio, mentre betulle e pioppi tingevano il paesaggio con sfumature arancioni e gialle. Arbusti variegati creavano un'esplosione di colore a livello del terreno, con tonalità di rosso e viola che danzavano ad altezza piedi. Le colline che incorniciavano la strada pitturavano ulteriormente lo scenario.

Ormai vicina a Willow Brook, notai un gregge di alci che sgranocchiavano le foglie di qualche ontano, accanto a un campo. Nonostante l'autunno fosse appena iniziato, le giornate avevano già iniziato ad accorciarsi. Chi non viveva in Alaska era quasi convinto che dovessimo affrontare inverni infernali, perché lunghi, bui e gelidi. Sinceramente non erano i miei mesi preferiti dell'anno, ma portavano un certo senso di pace unico. L'autunno invece era una stagione piena di vita, un'ultima esplosione di energia prima della quiete invernale, dove i giorni erano più brevi e le notti più lunghe.

Prima di arrivare a casa decisi di fermarmi a un belvedere fuori dal paese. Scesi dalla macchina e mi avvicinai alla recinzione. Davanti a me si apriva una vista spettacolare del lago, adagiato in una valle tra le montagne. Uno stormo di cigni trombettieri si lasciava trasportare serenamente sulla superficie dell'acqua, mentre il sole proiettava un bagliore rosato sul panorama, scendendo rapido dietro l'orizzonte.

Feci un respiro profondo, avvertendo un sentore di legna bruciata in lontananza. Quando tornai in macchina, mi vibrò il telefono in tasca. Controllai subito e trovai un messaggio di Caleb. Come lessi il suo nome, iniziò a battermi forte il cuore. Morivo dalla voglia di rivederlo. Chissà che idea si era fatto di me, della mia fuga dalla realtà. All'inizio avevo cercato di attenuare il dolore lasciandomi completamente andare, tra feste e uscite con ragazzi con cui però riuscivo soltanto a flirtare, senza mai concludere nulla. Ma scoprii presto che quello stile di vita non avrebbe risolto nulla. Potevo soltanto accettare la realtà e affrontarla.

Ci vediamo per cena? Ti va?

Rilessi qualche volta il suo messaggio, con i pollici bloccati sopra lo schermo. Per quanto avrei voluto aspettare almeno un pochino prima di rispondere, le mie dita si mossero da sole.

Certo. Dove?

Al Firehouse. È più tranquillo del Wildlands.

Perfetto. A che ora?

Io ci sarei anche tra dieci minuti, tu?

Sono a venti minuti da lì.

Allora a dopo.

Fissando il telefono, mi chiesi cos'è che volessi davvero. Ma era una domanda stupida. In realtà lo sapevo benissimo: volevo riprendermi tutto ciò che quella tragedia ci aveva portato via. Volevo potermi perdere di nuovo in Caleb, la distrazione perfetta di cui avevo bisogno. Volevo riprendere il controllo sulla mia vita, mettere da parte tutta la paura e l'ansia. Volevo non sentirmi più un mero oggetto. Per quanto Lance non mi avesse mai toccata, il suo stalking ossessivo mi aveva come disumanizzata. Odiavo sentirmi così.

Ma Caleb invece mi faceva sentire viva. Con lui era tutto così reale. Quel dolore che avevo provato a eludere mi ancorava alla profondità delle emozioni che ci legavano.

Come misi in moto la macchina, ricordai che stavo momentaneamente vivendo dai miei genitori. Certo, ero un'adulta, ma dovevo loro almeno la cortesia di condividere i miei piani per la serata. Sapevo già che quella notte *non* sarei tornata a casa. Ma spiegarlo a mia madre sarebbe stato a dir poco imbarazzante. Però non era affatto una puritana, quindi alla fine mi decisi. "Al diavolo," mormorai.

Avvertirla per messaggio avrebbe portato solo a una sfilza di domande. Quindi, uscendo dal belvedere, composi il numero e misi il vivavoce.

Rispose al primo squillo. "Ciao, tesoro. Che c'è?"

"Ciao, mamma. Volevo farti sapere che stasera non torno a casa."

"Oh, oooooo-k," rispose, trascinando la parola.

"Devo uscire con Caleb," le spiegai, decidendo di andare dritta al sodo.

Pregai che non mi chiedesse nient'altro. Alla fine non era neanche detto che avrei passato la notte da lui.

Rispose con un sorriso nella voce. "D'accordo, tesoro. Dirò a tuo padre che sei con delle amiche."

"Mamma, lo sai che ho ventisei anni, vero?"

"Certo che lo so, tesoro. Ti ho fatta io, o sbaglio?" replicò con una risata. "Grazie per avermelo detto subito. Almeno mi sento più tranquilla. E comunque, sono proprio contenta che tu stia uscendo con Caleb. Sai benissimo cosa ne penso," commentò.

Trattenni un sospiro esasperato. "Sì, mamma, lo so. Ora posso mettere giù?"

Le scappò un'altra risata. "Grazie ancora. Ma posso chiederti un'ultima cosa?"

"Certo."

"Per te ci sono problemi se stasera riferisco a tuo padre la nostra conversazione di questa mattina?"

Quanto amavo quella donna. Sapevo che starsene con le mani in mano l'avrebbe distrutta, ma anche che non si sarebbe permessa di parlarne alle mie spalle. "Va bene, mamma. Sicuramente vorrà discuterne anche con me, ma lo farò più avanti."

Tirò un sospiro di sollievo. "Grazie, tesoro. Saluta Caleb da parte mia."

"Ma insomma! Salutalo tu quando lo vedi, ok? Tanto scommetto che non passerà molto tempo."

Rispose con una risata e poi ci salutammo. Con il cuore a mille e un violento senso di anticipazione che mi pulsava nelle vene, quegli ultimi venti minuti di viaggio sembravano quasi non passare più.

CALEB

L'inquietudine di Ella non mi sfuggì. C'era di certo qualcosa che la turbava. Ma ero proprio felice che fosse tornata a casa. Stavamo giusto finendo la cena ed erano ormai anni che non passavamo così tanto tempo insieme. I capelli le ricadevano sulle spalle, in una cascata spettinata. Il lieve rossore che le tingeva le guance metteva in risalto il verde degli occhi. L'avrei potuta ammirare per ore, giusto perché mi era stato impossibile farlo per così tanto tempo. Speravo con tutto il mio cuore che magari, e ripeto magari, il destino ci avesse dato un'altra chance per riscrivere il finale della nostra storia.

A essere onesti, in quei giorni dal suo ultimo incidente era come cambiato qualcosa dentro di me. Dopo dieci anni passati a convincermi che dovevo lasciarmi tutto alle spalle, eccola di nuovo lì davanti a me. Era finalmente tornata a casa. Sapevo benissimo che non sarebbe stato facile. Eppure, volevo provarci comunque.

Ella l'avevo sempre guardata con gli occhi dell'amore. Era stata la mia prima fiamma, che aveva riempito i noiosi anni di liceo. Siamo realisti, i ragazzini di quell'età non spiccavano esattamente per le loro doti intellettuali. Soprattutto non in fatto di ragazze. Un uomo lo sa che il proprio membro non prende sempre le migliori delle decisioni.

Dunque, a essere onesto inizialmente mi ero avvicinato a Ella guidato soltanto dagli ormoni. Ma con il tempo mi ero innamorato *follemente* di lei. Mi ero goduto a pieno quella fase della mia vita finché quel disastroso incidente non mi aveva portato via tutto. Un incidente causato da un completo sconosciuto che si era messo alla guida ubriaco. E quella sua decisione imprudente ci aveva strappato Jake, lasciando ferite indelebili nel cuore e sulla pelle.

Il rifiuto di Ella mi aveva fatto infuriare, troppo accecato dal dolore per comprendere il suo punto di vista. Aveva letteralmente calpestato sotto i piedi il mio cuore già frantumato in mille pezzi. Ma l'ansia per lei aveva continuato comunque a soffocarmi, dato che era in ospedale ormai da settimane. Nemmeno io avrei saputo spiegare da dov'era divampata tutta quella rabbia. Probabilmente da un forte senso di abbandono in un momento in cui avevo assoluto bisogno di lei.

Negli anni successivi avevo imparato ad accettare la morte di Jake, ad accettare che la vita era ingiusta e in questo mondo le tragedie facevano parte della quotidianità. Con il tempo iniziai perfino a comprendere lo stato emotivo di Ella, la reazione che aveva avuto. Io me l'ero cavata con qualche ferita, mentre lei aveva sofferto tantissimo, sia fisicamente che psicologicamente, attanagliata da un senso di colpa che non avrebbe mai dovuto portare.

Per quanto non fossi mai riuscito a dimenticarla davvero, ero riuscito ad autoconvincermi che tra di noi fosse finita per sempre. E invece il destino l'aveva riportata da me e non mi sarei mai lasciato sfuggire quell'occasione.

Janet James, la proprietaria del Firehouse, si avvicinò e prese una sedia libera, accomodandosi al nostro tavolo. Lanciò un'occhiata a Ella e le strinse dolcemente la spalla. "Che bello riaverti qui. Non sai quanto mi ha fatto piacere sentire da Cade che hai deciso di restare."

Ella le sorrise. "Anche io sono felice di essere tornata e di vederti. Come va la vita?"

Janet, con i suoi capelli scuri dalle sfumature argentate e occhi marroni scintillanti, guardò prima uno e poi l'altra. "Tutto bene, sono sempre piena di lavoro. Ma vi prego, ditemi che c'è un motivo se siete usciti insieme."

Janet era estremamente sfacciata e chissà quante teorie le stavano già frullando per la zucca. Per una volta però apprezzai il suo interesse, ma cercai comunque di non darle troppa corda. "Sì, per cenare insieme." Lanciai un'occhiata a Ella, le guance leggermente rosee. Merda. Vederla arrossire risvegliò di colpo il mio desiderio.

Ovviamente i miei sentimenti andavano ben oltre il semplice impulso carnale, però riusciva proprio a farmi impazzire. E così anche durante gli anni delle superiori. Amavo quel contrasto tra la sua bellezza un po' selvaggia e la passione per lo studio. Aveva sempre messo i voti pima di tutto, perfino di me. Il nostro rapporto era stato una vera sfida, che però avevo amato da morire.

Ella guardò Janet e alzò gli occhi al cielo. "Una semplice cena."

Janet sorrise e si alzò quando qualcuno dalla cucina la chiamò. "Sapete che mi piace ficcare il naso ovunque. Sei stata via davvero tanto tempo, quindi dovevo punzecchiarti un pochino.”

E così si voltò per rimettere a posto la sedia, poi prese i nostri piatti vuoti e corse in cucina. Ella la seguì con lo sguardo, osservando il locale. Negli anni non era cambiato un granché.

Un tempo l’edificio ospitava la caserma originale di Willow Brook, edificata nei primi anni del ventesimo secolo. Il piano superiore era stato trasformato in un magazzino, mentre il vecchio garage era diventato un bar. Il pavimento in cemento dava un tocco di azzurro al locale, con alcuni tavoli rotondi sparsi per la sala. Il palo dei pompieri era decorato con fiori vivaci mentre alle pareti si potevano ammirare opere d’arte locali. Da un lato c’era il bancone della pasticceria, con dietro la cucina a vista. Janet gestiva tutto da sola e lo faceva ormai da anni, dopo la morte del marito. Il bar apriva tutti i giorni alle cinque del mattino per un caffè e dolci deliziosi, poi durante la giornata offriva anche alcune proposte per il pranzo e la cena.

Lo sguardo di Ella tornò su di me, le guance ancora rosse. “È tutto com’era prima,” commentò.

Annuii. “Come hai trovato la cena?”

“Deliziosa. Non che ci fossero dubbi.”

Ella aveva ordinato un burger di salmone con glassa di sciroppo d’acero, mentre io un classico panino con carne di granchio.

Con la testa da un’altra parte, parlai senza pensare. “Mi sei mancata. Sono contento che hai deciso di restare.” Le mie parole sorpresero perfino me, ma era la pura verità.

Il rossore sul suo viso si intensificò, ma non distolse lo sguardo. “Mi sei mancato anche tu.”

“Poi torni a casa? Cioè, dai tuoi?”

Mi guardò dritto negli occhi e l’aria si caricò di

tensione. Poi scosse lentamente la testa. "Non rientra nei miei piani."

La sua risposta mi fece battere il cuore all'impazzata. Il desiderio che stavo cercando di tenere a bada esplose, ormai inarrestabile. "Allora andiamo."

"Vado prima al bagno."

Si alzò da tavola e rimasi incantato a osservare il modo in cui le ondeggiavano i fianchi con ogni passo. Con gli anni il suo fisico era cambiato notevolmente, il seno e il fondoschiena più rigogliosi che mai. La tentazione di saltarle addosso come un ragazzino voglioso era forte, ma dovevo riuscire a controllarmi. Nell'attesa, il suo telefono iniziò a vibrare al centro del tavolo. Continuò a vibrare ancora e ancora, mentre una notifica dopo l'altra le invase lo schermo. L'insistenza dei messaggi mi provocò un brutto presentimento. Senza pensarci, girai il telefono per leggere meglio.

Pensavi davvero che non avrei trovato anche questo numero?

Pensavi di poter tornare in Alaska e liberarti di me?

Oh, allora ti sbagliavi di grosso.

Posso rovinare la tua nuova carriera.

Per me la distanza è irrilevante.

Maledetta troia.

Ti ho permesso di darmi una chance.

Sei soltanto una codarda di merda.

La mia curiosità si trasformò subito in furia cieca. Non sapevo chi fosse il mittente, ma allora i miei sospetti erano fondati. Ella mi stava davvero nascondendo qualcosa. Quella persona sicuramente le aveva reso la vita un inferno, ma gliel'avrei fatta pagare molto cara.

Ella tornò prima che potessi tenere sotto controllo la rabbia. Guardò prima me e poi il telefono sul tavolo.

"Chi è?" le chiesi.

Diventò rossa come un peperone e sbarrò gli occhi, attraversati da un lampo di terrore. "Nessuno. Non è niente."

"Come può non essere niente, Ella? Ti sta minacciando."

Chiuse gli occhi e strinse le labbra in una linea sottile, la stessa espressione che aveva quel giorno di tanti anni prima quando mi aveva lasciato. Era una donna molto testarda, soprattutto quando aveva bisogno di aiuto.

Cercai con tutto me stesso di placare la mia furia. La mia rabbia non era diretta a lei, ovviamente, ma alla persona che le aveva inviato quei messaggi disgustosi. Feci un respiro profondo per dissipare la frustrazione e allungai il braccio per prenderle la mano. "Ella, non voglio litigare. Se è successo qualcosa che ti ha costretta a tornare, dimmelo. Dillo almeno a tuo padre, lui potrebbe aiutarti."

Mi guardò negli occhi e fece un respiro tremolante. Mi sorprese quando invece di liberare la mano dalla mia, ricambiò il gesto. Si passò l'altra tra le ciocche lucide e fece un altro respiro profondo, riuscendo finalmente a ritrovare la voce. "Non è solo per questo che sono tornata a casa, ma diciamo che è stata l'ultima goccia."

"Chi è questa persona?" le chiesi, indicando lo schermo spento del suo telefono.

"Si chiama Lance Wallace. È un ricercatore con cui lavoravo nell'Oregon."

"E cos'è successo?"

Lasciò cadere la mano sul tavolo con un tonfo, mentre con l'altra mi stringeva ancora più forte, come se stesse cercando di farsi forza. "Lavorava in un dipartimento diverso, ma poi ci hanno assegnato un progetto in comune e mi ha chiesto subito di uscire insieme. Non ero interessata, quindi ho rifiutato, senza dare troppo peso alla cosa. Sul lavoro non mi ha mai fatto nulla, ma..." Fece una pausa, facendo girare nervosamente un anello che teneva sul mignolo con il pollice. "Non so per quale motivo, ma è diventato ossessionato da me. In qualche modo ha trovato il mio numero e la mia e-mail personale e da lì, beh, è iniziato il mio incubo. Però proprio non capisco perché. Sappi che non ho mai frequentato nessuno, davvero, ma ogni tanto uscivo con amici. Lui continuava a mandarmi foto di queste uscite o del mio appartamento. Ne ho parlato alla responsabile, che ha provato a darmi una mano. Ma era tutto inutile. Lance non mi ha mai minacciata fisicamente. Ha solo continuato a tormentarmi... così," disse, indicando il telefono tra di noi.

Mi sentivo ribollire di rabbia, ma cercai di non farmi travolgere. In quel momento Ella era lì con me, al sicuro. "L'hai detto a tuo padre?" le domandai.

"Non ancora. Stamattina ne ho parlato con mia mamma e ci penserà lei a dirglielo. Quando ero ancora lì mi sono rivolta pure alla polizia, ma purtroppo non hanno potuto fare molto perché non mi ha mai toccata. Continuava solo a farmi impazzire con messaggi ed e-mail."

Un turbinio di emozioni mi sconvolse dall'interno. Volevo scoprire dove si trovava quel tizio. Volevo fermarlo con le mie mani. Eppure, sapevo di non poterle mostrare la mia furia.

"Ti dispiace se ne parlo anche io con tuo padre?"

Il padre di Ella era il capo della polizia di Willow Brook ormai da anni. Rex era un brav'uomo per cui portavo molto rispetto. Era diventato un po' come una figura paterna, probabilmente perché da giovane avevo passato molto tempo a casa loro.

"Certo che puoi parlargli." Abbassò la testa, fissando il telefono. Poi fece un altro respiro profondo e incrociò il mio sguardo. "Possiamo cambiare argomento? So che vuoi cercare di sistemare tutto il prima possibile perché... beh, perché sei tu," disse con una risata. "Ma non voglio che quell'uomo continui a rovinarmi la vita."

Aveva ragione, volevo sistemare tutto al più presto. Però in effetti in quel momento non c'era niente che potessi fare, se non offrirle tutto il mio appoggio. Se non voleva più parlarne, allora non ne avremmo più parlato. "Però ho solo un'ultima domanda," affermai.

Quando annuì, le chiesi, "Hai già dovuto cambiare numero, vero?"

"Diverse volte," rispose, senza aggiungere altro.

Soffocai la frustrazione e quel senso di impotenza che mi stavano attanagliando. Avrei voluto fare a pezzi quel Lance, ma visto che era a chilometri di distanza da noi dovevo calmarmi. "Allora domani vado a parlare con tuo padre, ok?"

Erano ormai dieci anni che non frequentavo più Ella, ma la conoscevo comunque molto bene. Glielo leggevo negli occhi che avrebbe voluto opporsi, protestare. Ma non lo fece. Nonostante mi avesse dato l'ok per parlare a Rex, sapevo che in realtà avrebbe preferito che nessuno interferisse. Ma avrei insistito fino alla morte. Strinse forte le labbra e socchiuse gli occhi, per poi scuotere con forza la testa. "D'accordo. Ora possiamo parlare di altro?"

La sua domanda venne fuori così brusca, con un tono a dir poco autoritario. Ignorai la frustrazione e non riuscii a trattenere una risata. "Va bene. Però promettimi che ci terrai aggiornati sulla situazione," le dissi, indicando con un cenno del capo quel povero telefono in mezzo al tavolo.

Ella alzò gli occhi al cielo, ma annuì. "Tanto ormai non potrei più nascondere nulla a nessuno," mormorò. "Lo sapete tu, Holly e mia madre, sicuramente entro domani mattina lo scopriranno pure mio padre e Cade. Secondo me prima o poi mi lascerà in pace, visto che non sono più lì nell'Oregon."

Il mio istinto però non ne era affatto convinto, ma non dissi nulla. Non era il momento per le speculazioni. "Beh, andiamo?" le chiesi.

Manco a farlo apposta, in quel momento Janet passò a portarci il conto, interrompendo la conversazione a dir poco scomoda. "È stato proprio un piacere vedervi," commentò, per poi guardare Ella. "Promettimi che tornerai presto."

Ella le sorrise, il visc già più rilassato. "Ci puoi contare. Servi il caffè più buono di tutto il paese. Mi vedrai spessissimo, fidati."

Con un sorriso soddisfatto, Janet le strinse la spalla e si allontanò da altri clienti. Lasciai sul tavolo qualche banconota in più per pagare la mancia e poi mi alzai, continuando a tenere Ella per mano. Mi seguì, guardando in cagnesco il suo telefono.

"Quel numero ti serve?" le domandai.

Incrociò il mio sguardo, un lampo di amarezza negli occhi. "Sinceramente è una scocciatura continuare a cambiarlo, ma ormai non me ne frega più nulla."

"Possiamo scambiarci i telefoni, che ne dici?"

Ella spalancò gli occhi e si fece una risata. "Ma sei serio?"

"E perché no? Tanto con questo non ci lavoro mica. Almeno così puoi usare il mio numero e io me la vedrò con questo idiota se continua a infastidirti."

Mi guardò a lungo, finché un sorriso non le sfiorò

le labbra. Finalmente potevo sentire la tensione alleggerirsi. "Allora accetto volentieri," rispose.

Presi il suo telefono e sfilai il mio dalla tasca. "Password?" le chiesi.

Mi dettò i numeri e sbloccai lo schermo. Stavo per inserire il mio numero tra i contatti, ma notai con immenso piacere che c'era già. "Ho già il tuo contatto, quindi se vuoi sentirmi ti basta chiamare te stesso."

Le passai il mio telefono.

"Password?" mi chiese a sua volta.

"Non c'è." Con un'alzata di spalle, la presi di nuovo per mano. "Andiamo."

"Sicuro che posso davvero usare il tuo telefono?" domandò, mentre ci stavamo facendo strada tra i tavoli.

"Sicurissimo."

"Non ci sarà qualcuno che magari proverà a contattarti o..." Si fermò, come se non riuscisse a continuare la frase.

"Ella, guarda che non c'è nessuna donna nella mia vita, altrimenti adesso non sarei qui con te. Ormai è da un po' che non frequento nessuno. Non preoccuparti, non riceverai nessun messaggio strano o telefonata indesiderata."

Aprii la porta e uscimmo fuori, con il suono delle campanelle alle spalle. Mi fermai a guardarla proprio mentre una folata di vento le agitava i capelli. Aveva le guance arrossate. Sollevò lo sguardo e si morse il labbro inferiore, una vecchia abitudine che mi faceva sempre impazzire. Il mio corpo reagì di conseguenza, assalito dal desiderio.

"Non te ne avrei fatto una colpa, sai."

"Ella, non devi assolutamente preoccuparti," affermai, girandomi verso di lei.

Mi guardò senza dire nulla, studiandomi il volto. Poco dopo fece un respiro profondo e annuì.

Mi voltai per incamminarmi al mio pick-up e accanto vidi parcheggiata l'auto di sua madre. "Hai intenzione di comprarti una macchina nuova?" le domandai, fermandomi.

"Ancora non ci ho pensato. Ma nel frattempo mia madre mi ha lasciato questa. Papà sta facendo il suo autista personale. Però devo decidere presto. Ah, non so dove abiti," commentò, riportando subito l'attenzione sulle cose più importanti.

"Dopo la Fireweed Lane. Seguimi."

Capitolo Otto

ELLA

Seguivo da vicino il pick-up di Caleb, illuminato dalla luna che aveva fatto capolino oltre le montagne, le foglie secche degli alberi che sfrecciavano sulla strada trasportate dal vento. Conoscevo Willow Brook a memoria. La Fireweed Lane si trovava a qualche chilometro dal centro, con villette e qualche laghetto che spuntavano tra gli alberi.

Ero proprio tanto curiosa di sapere dove vivesse Caleb. Giovani e stolti innamorati, ci eravamo immaginati un futuro in cui avrebbe costruito lui stesso una casa tutta per noi. Diciamo che era un po' un tutto-fare. Suo padre era un ingegnere, con un progetto sempre tra le mani. Caleb aveva preso la sua passione. Ma meglio sottolineare che in Alaska quasi tutti gli uomini erano dei tuttofare per eccellenza. Per chi viveva in aree così sperdute e a contatto con la natura selvaggia era fondamentale sapersela cavare con le proprie mani.

La luna stava sorgendo nel cielo tinto di viola, creando uno spettacolo mozzafiato. Ma i miei occhi erano puntati sui fanali posteriori dell'auto di Caleb, come fossero due fari che mi avrebbero portato in salvo.

Poco dopo ci fermammo. Parcheggiai e mi guardai intorno. La casa sorgeva su una dolce pendenza punteggiata da abeti rossi e betulle. Più giù scorreva un ruscello che si snodava in un prato verde. Alle nostre spalle invece si innalzava il monte Denali, ben visibile dalla nostra posizione.

La casa era a pianta ottagonale, di un grigio chiaro che bene si accoppiava con il tetto viola in acciaio inox. Caleb era un uomo molto creativo e la sua casa piuttosto atipica lo dimostrava alla perfezione.

Scese dall'auto e mi si avvicinò. "Che posto splendido. La casa è molto bella."

Il sorriso che gli sfiorò le labbra toccò le corde del mio cuore, facendomi venire le farfalle allo stomaco. "Grazie. Mi ha aiutato a costruirla mio papà. Per il design mi sono rivolto a degli ingegneri di Diamond Creek," replicò, riferendosi a un paesino a sud di Willow Brook. A diversi chilometri di distanza, Diamond Creek era una meta molto popolare grazie alle acque cristalline della baia di Kachemak e all'eccellente rifugio sciistico che accoglieva ogni anno tantissimi turisti.

"Dai, andiamo," mi disse, indicando la casa. Lo seguii sui gradini e il porticato ricurvo, poi oltre la soglia.

Entrai in cucina e mi guardai intorno. Era molto spaziosa e ariosa, con grandi finestre alle pareti e una porta sul fondo. Un lungo bancone su un lato era fornito di lavello e fornelli. Dall'altra parte un'isola seguiva la curva del muro, con degli sgabelli. Nel soggiorno invece c'era un divano componibile posizionato davanti al televisore a muro. Tra due finestre si trovava uno splendido caminetto di pietre di fiume.

Sulle pareti grigio chiaro erano appese alcune fotografie in bianco e nero, per spezzare un po' la monotonia. Durante gli anni delle superiori ne aveva scattate tantissime. Ne riconobbi una in particolare, con la luna che si rifletteva sulle acque del lago di Swan. In un angolino in fondo alla stanza c'era una scala a chiocciola.

Mi voltai verso Caleb. "È bellissima."

"Grazie. Diciamo che è tutta qui." Poi indicò la porta accanto alla scala. "Lì c'è un bagno con la lavanderia. Ma andiamo al piano di sopra."

Lo seguii in un altro open space. Sotto le finestre c'erano alcune librerie, mentre due sedie erano rivolte verso il panorama esterno. Due porte sul fondo davano su una piccola camera per gli ospiti e su quella padronale, con bagno annesso. L'arredamento della casa era molto moderno e accogliente, di un legno molto chiaro e tessuti verde salvia.

Nella sua stanza c'erano una cassettiera sotto le finestre e un letto enorme su un lato. Un arco portava al bagno piastrellato di verde salvia, con una doccia in vetro e una vasca da bagno di lusso. Esaminai la doccia e poi mi voltai a guardare Caleb.

"Non sei uno che ama risparmiare acqua, eh?" ironizzai con una risata, indicando tutti i getti laterali alle pareti.

Caleb era rimasto sulla porta, la spalla contro lo stipite e la mano in tasca. Sorrise alle mie parole e mi si chiuse lo stomaco.

"È tutta acqua riciclata. Uso solo energia solare ed eolica. Posso usare tutta l'acqua che voglio perché non va sprecata."

"Davvero? E com'è che ti è venuta un'idea del genere?"

"A Diamond Creek mi sono rivolto alla *Off the Grid.*

Owen e Ivy Manning sono due ingegneri ambientali specializzati in questo genere di cose."

"Non ho nemmeno notato i pannelli solari sul tetto," pensai ad alta voce.

"Sono sul lato posteriore. Sono riuscito a strappare un ottimo prezzo offrendo la casa per i loro esperimenti eolici. Se esci nel boschetto vedrai diverse campanelle a vento tra gli alberi. Non sono soltanto decorative, ma passano il tempo a raccogliere energia."

"Oh, wow! È vero, avevo sentito che la *Off the Grid* si fosse trasferita in Alaska."

"Se vuoi una volta ti ci porto. Vedrai che ti piaceranno molto. Owen è un tipo in gamba, mentre Ivy un vero genio. Forse quasi quanto te," disse senza il benché minimo sarcasmo.

Alzai gli occhi al cielo, sentendo le guance in fiamme. "Guarda un po' cosa sono in grado di fare quei due. Direi che lei è a un livello decisamente superiore."

Caleb si strinse nelle spalle. "Questo lo dici tu. Scendiamo, dai."

Per un momento, esitai. Non avevo molta voglia di tornare al piano di sotto. La camera da letto di Caleb era come una calamita. Però non volevo correre troppo, non era ancora il momento.

Lui nel frattempo aveva incominciato a scendere le scale, quindi lo seguii. Arrivati in cucina aprì il frigorifero e mi guardò.

"Vino? Birra?"

Scossi la testa. L'alcol non sarebbe riuscito comunque a calmare i miei nervi. "No, grazie."

In quel momento sentii qualcosa grattare la porta, quindi Caleb andò ad aprirla. Un attimo dopo, un gatto enorme si fiondò dentro.

Grosso quasi quanto un cane, aveva il pelo arancione con striature bianche. "Ma ciao, Cremino," lo salutò Caleb, chinandosi ad accarezzarlo. Poi mi guardò. "Ti presento Cremino. Diciamo che il vero padrone di casa è lui."

Le sue parole mi strapparono una risata. "È enorme," osservai.

Un altro paio di coccole e poi Caleb si alzò. "Oh, puoi dirlo forte. Però sono tutti muscoli. È il boss della zona, un vero osso duro. Una volta ha combattuto perfino con un'aquila che voleva portarlo via."

Cremino si avvicinò alle mie gambe, facendo le fusa. Mi chinai a grattargli le guance, passandogli poi una mano sulla schiena. "Perché hai deciso di prendere un gatto? Non è complicato, dovendo partire così spesso per lavoro?" gli domandai.

Caleb si strinse nelle spalle. "Diciamo che è stato lui a trovare me, quindi mi sono adeguato. Un giorno l'ho trovato sul retro. Era inverno e c'era un freddo cane. Il poverino stava morendo di fame e miagolava come un pazzo. Era apparso proprio dal nulla, in città non lo conosceva nessuno. Alla fine ho deciso di tenerlo. Probabilmente l'avrà perso di vista qualche cacciatore. Quella sera l'ho portato dentro e l'ho nutrito, e da lì non mi ha più abbandonato. Quando sono in missione ci pensano i miei a prendersi cura di lui."

Per un istante, restammo fermi a guardarci. Cremino intanto si allontanò. Quando riuscii a distogliere lo sguardo, scoppiai a ridere notando una cuccia per gatti sul davanzale. Cremino bevve dell'acqua e poi balzò sulla finestra, accomodandosi sul suo letto per dedicarsi alla toelettatura.

Caleb si voltò verso il camino e accese il fuoco. Io ero nervosissima e agitata senza più sapere cosa dire o fare. Notai il freddo soltanto quando il crepitio del fuoco mi raggiunse. Mi avvicinai a lui e fissai le fiamme che ondeggiavano tra la legna.

Caleb mi guardò e poggiò i fianchi allo schienale del divano. Incrociò il mio sguardo e poi abbassò il suo. Una vampata di calore mi pervase all'intensità dei suoi occhi.

Provai a ricordare l'ultima volta che mi ero sentita così. Non avevo certo passato dieci anni senza fare sesso. Giusto l'ultimo anno non c'ero proprio riuscita, troppo turbata dall'ossessione di Lance. Qualche anno prima avevo provato a dimenticare una volta per tutte il dolore. Eppure, nulla aveva funzionato. L'angoscia e il rimorso avevano continuato a tormentarmi, per quanto avessi provato a fuggire nel piacere fisico per dimenticare la realtà. Sesso vuoto, gelido e distante, che non mi aveva fornito quella scappatoia di cui avevo così tanto bisogno.

Il silenzio di Caleb iniziò a preoccuparmi, finché non lo spezzò. "Ripetimi perché sei tornata a casa."

Mi lasciò spiazzata, ma risposi praticamente subito. "Perché volevo tornare."

"Non soltanto perché quel tizio ha reso la tua vita un inferno?"

Scossi vigorosamente la testa, infastidita. No, non da Caleb, ma dalla situazione. "Non mentirò, alla fine è stato lui a spingermi a tornare, ma solo perché prima o poi avevo intenzione di farlo comunque. Che importanza ha?"

Il suo sguardò sembrò penetrarmi l'anima. Uno sguardo talmente intenso da farmi battere così forte il cuore che lo sentivo martellare in tutto il corpo.

"Perché tengo molto a te," disse, la voce roca e gli occhi semichiusi. "La nostra non è stata una semplice avventura tra ragazzini, Ella. È finita nel peggior modo possibile, ma voglio finalmente aggiustare le cose."

"Anche io."

La mia voce venne fuori come un roco sussurro. Mi sentivo come un granello di sabbia nella vastità dell'oceano che cercava di rimanere a galla, alla totale mercé delle onde. Le sue parole mi colpirono nel profondo. Volevamo la stessa cosa, ma il pensiero mi terrorizzava. Feci un respiro profondo per calmare l'ansia, tentativo che si rivelò però inutile. Non riuscivo a distogliere lo sguardo dal suo. Mi sentivo tutta un fuoco.

Presi coraggio e mi avvicinai. Sollevai una mano al suo viso, facendola scivolare dalla fronte fino alla mascella ben delineata. Toccarlo mi ancorava i piedi per terra, mi offriva un punto di contatto concreto alla realtà per evadere dal tormento interiore. Ogni senso di smarrimento svaniva all'istante. Con il cervello ormai in tilt, sentivo il bisogno di abbandonarmi a lui, al vortice di sensazioni.

Inspirò profondamente quando col pollice gli sfiorai il labbro inferiore, carnoso e sensuale. Madre natura era stata fin troppo generosa con lui. Era un vero capolavoro: capelli scuri, occhi color cioccolato, lineamenti decisi e cesellati, un corpo scolpito nella pietra. Ciliegina sulla torta quella bocca peccatrice. Era proprio un'ingiustizia.

Scosse elettriche rimbalzavano tra i nostri corpi, l'aria che fremeva per la tensione sensuale. Un istante dopo, mi prese la mano.

"Ella. Lo vuoi anche tu?" mi chiese con voce roca, e un brivido mi pervase.

Era come se il tempo si fosse fermato e allo stesso tempo stesse andando alla velocità della luce. Il desiderio sempre più pressante che mi stava crescendo dentro mi spinse ad avvicinarmi. Mi infilai tra le sue ginocchia, premendomi contro la parete di muscoli. Era una sensazione magica.

"Sì," mormorai, appena prima di portare le labbra sulle sue.

Era più alto di me, ma poggiato al divano eravamo più o meno allo stesso livello. Rimase immobile al contatto e temetti per un attimo che mi avrebbe respinta. Eppure, un attimo dopo mi lasciò andare la mano e intrecciò le dita ai miei capelli, mentre con l'altra stringeva una natica. Gli sfuggì un grugnito quando con la lingua mi invase la bocca.

Wow. Porca. Miseria. Ricordavo fin troppo bene quell'ultimo bacio scambiato nel parcheggio e quel momento di intimità all'ospedale. Ma niente mi avrebbe preparata a *quello*. Era completamente diverso, con un livello di intensità tale da farmi cedere le ginocchia. Mi abbandonai su di lui, ricambiando la sua stessa passione. Le nostre lingue danzavano voraci, i nostri corpi ancora troppo lontani. Volevo affondare tra le sue forti braccia e rimanere lì per sempre.

Per quanto avessi sempre odiato ammetterlo, mi ero sentita completamente sola per tanti, troppi anni. Finalmente, avevo ritrovato quella parte di me che avevo perduto.

Senza più il minimo pudore, esplorai ogni centimetro del suo corpo muscoloso. Negli anni era cambiato completamente, per diventare la personificazione stessa della virilità. Quando aveva diciotto anni per me era già perfetto, ma in quel decennio aveva sviluppato un fisico da paura. Ogni singolo muscolo era il frutto del suo lavoro sfiancante. Si staccò dalle mie labbra e mi lasciò andare i capelli, posando con delicatezza la mano sulla guancia. Quando i nostri occhi si trovarono, uno stormo di farfalle mi invase lo stomaco.

"Mi sei mancata da morire."

Capitolo Nove

ELLA

Le parole di Caleb mi colmarono di un'emozione così travolgente da lasciarmi senza fiato. Tutta quella solitudine, tutto quel dolore, *tutto* ciò che avevo rinchiuso sottochiave in un angolino del mio cuore esplose in un istante. Lacrime calde mi riempirono gli occhi. Con un respiro tremolante, lo guardai dritto negli occhi. "Mi sei mancato anche tu."

Ma dentro di me sapevo che le parole non sarebbero bastate a esprimere ciò che provavo realmente. Gli accarezzai di nuovo la fronte, la guancia. Quando arrivai alle labbra, prese tra i denti il pollice e lo succhiò piano. Il desiderio si fece sempre meno tollerabile. Sentivo il corpo in fiamme, il sesso che pulsava in anticipazione. Feci per baciarlo di nuovo, ma mi fermò afferrandomi la spalla.

"Non voglio correre troppo," spiegò.

Nemmeno io, ma ero talmente presa dal momento che sentivo di non potermi più fermare.

Però trovai la forza di contenermi. Di nuovo con Caleb, finalmente mi sentivo al sicuro.

Feci un respiro tremolante e annuii. Fece scivolare

le mani lungo le mie braccia e iniziò a sbottonarmi la camicetta. I nostri corpi erano in fiamme, ardenti di desiderio. Soltanto quando iniziò a sfilarmela di dosso realizzai che non aveva mai visto le cicatrici. In preda al panico, me la richiusi subito sul petto.

Quando notò il mio disagio, mi guardò negli occhi e lasciò le mani ferme sui bottoni dei miei jeans. "Che succede?" domandò, la voce preoccupata e morbida.

Senza riuscire a dire una singola parola, alla fine decisi che non potevo nascondermi. Lasciai andare la camicetta, mostrando le cicatrici sul fianco e l'addome.

Accettare le cicatrici era stata la parte più facile. Non che la guarigione lo fosse stata. Oh, affatto. Le ustioni sul fianco avevano preso anche la schiena e il ventre, lasciando le cicatrici peggiori. Sul torso, invece, erano rimaste da appena sotto il seno fino all'osso pelvico. Da lì fino alla coscia la pelle si era salvata, ma poi partivano altre cicatrici. Mi era rimasto qualche segno anche sulla schiena e le braccia, ma molto meno visibile. Una volta guarite le ustioni, la pelle era tesissima, quasi lucida.

Caleb non aveva ancora staccato gli occhi dai miei. Ripensai ai primi anni dopo l'incidente, quando avevo provato a dimenticare il trauma lasciandomi alle spalle le mie inibizioni. Mi ero buttata sul sesso, senza farne poi chissà quanto. Ma quando il dolore e il senso di colpa diventavano soffocanti, sentivo il bisogno di scollegarmi dalla realtà, fuggendo tra le braccia del primo uomo che mi capitasse a tiro.

Non mi vergognavo delle mie cicatrici, ma purtroppo mi ero anche abituata alle reazioni che scatenavano. Non erano certo sexy, ma me l'ero cavata piuttosto bene. Quando ero stata ricoverata nel centro ustioni ad Anchorage, con me c'era un signore che era finito in un altro incidente in auto. Era in condizioni decisamente peggiori delle mie, non avendo potuto contare su un Caleb che lo traesse in salvo. Aveva riportato gravi ustioni su praticamente tutto il corpo. Eppure, era comunque la persona più allegra che avessi mai conosciuto. A differenza del corpo, il suo spirito era rimasto intatto. Avevamo iniziato a parlare tramite sua moglie, che un giorno mi aveva salutata durante una visita. Quell'incidente gli aveva cambiato la vita, eppure erano rimasti uniti e di tanto in tanto ci sentivamo ancora.

Quell'incontro era stato una benedizione. Pur non riuscendo a metabolizzare la morte di Jake, ero riuscita ad accettare le cicatrici. La vera bellezza risiede dentro di noi. Ma l'ansia di mostrarmi nuda era stata comunque difficile da dissipare.

"Non volevo spaventarti, tutto qui," risposi infine.

Ovviamente un po' di imbarazzo c'era, ma perché non sapevo cosa aspettarmi. Avevo quasi paura della sua reazione. Quando la camicetta cadde sul pavimento, lo sguardo di Caleb navigò sul mio corpo. Lo osservai attentamente, cercando di decifrare la sua reazione.

Sollevò la mano, passandola sulle cicatrici che coprivano la cassa toracica. La fece scivolare fino all'elastico dei jeans, lasciandola sul fianco. Soltanto allora riportò lo sguardo sul mio. Aveva gli occhi lucidi, ma dentro non ci leggevo il minimo disgusto, il minimo shock, soltanto un caldo senso di accettazione.

"Magari mi avessi permesso di restare al tuo fianco..." disse, spezzando il silenzio carico di tensione.

"Non ero pronta. Ma se potessi tornare indietro, cambierei tutto."

Ed era assolutamente vero. Così tante volte mi ero chiesta come sarebbe andata a finire se non mi fossi lasciata guidare dal dolore e dallo shock, allontanando per anni le persone che mi avevano tanto amata. Magari non mi sarei mai trasferita nell'Oregon, magari non avrei mai conosciuto quel pazzo psicopatico. Eppure, durante le sedute dalla psicologa avevo imparato una lezione molto importante: dovevo accettare quello che era stato. Quindi volevo provarci a tutti i costi. Se non potevo cambiare il passato, dovevo almeno metterci tutta me stessa per cambiare il mio futuro.

Senza mai distogliere lo sguardo, Caleb annuì piano. "Lo senti?" domandò.

Accarezzò le cicatrici con il pollice. Era una sensazione diversa e meno intensa, ma lo sentivo comunque. Ed era una benedizione.

Quando annuii, fece scivolare la mano lungo le cicatrici, fermandosi sulla curva del fianco. Occhi negli occhi, l'aria attorno a noi prese vita, mentre uno stormo di farfalle cominciava a vorticarmi freneticamente nello stomaco.

"Scusami se non ho potuto restarti vicino," mormorò.

Un senso di commozione andò a mescolarsi al desiderio sessuale.

Scossi la testa. "Sono stata io ad allontanarti. Non è stata colpa tua."

Qualcosa gli illuminò lo sguardo. In un momento così carico di passione, amarezza e incertezza, dove i fantasmi del nostro passato erano tornati a tormentarci, proprio non riuscii a decifrare quel lampo.

"Ma avrei potuto oppormi. Lottare per te."

"Ormai non ha più importanza. Non possiamo cambiare ciò che è successo quella notte né tantomeno com'è andata a finire tra di noi."

Mi spostò delicatamente i capelli dalla fronte, sfiorando i punti. "Quand'è che hai la prossima visita?"

"Domani."

Mi spostò una ciocca ribelle dietro l'orecchio, per poi passarmi le dita tra i capelli. Un attimo dopo, le sue labbra trovarono di nuovo le mie e dimenticai tutto il resto.

Intrecciò la lingua alla mia e non riuscivo più a tenere ferme le mani. Volevo di più, volevo tutto, ovunque, tutto insieme. Volevo abbandonarmi completamente a quella follia. Quando mi sfuggì un gemito Caleb lasciò andare la mia bocca, tracciando una scia di baci ardenti e umidi lungo la curva del collo.

"Toglila," gli ordinai, strattonando la maglietta. Dovevo sentire la sua pelle contro la mia. Fece una risata e sollevò la testa. Con una mano dietro la nuca, se la sfilò con un movimento fluido e la lasciò cadere accanto alla camicetta.

Mi fece scivolare la mano bollente lungo la spina dorsale, poi afferrò con forza una natica e mi strinse a sé. La sensazione fu così piacevole che sussultai deliziata. La mia pelle prese vita, animata da scosse elettriche che si propagavano da ogni singolo punto di contatto.

Le sue labbra raggiunsero la fessura tra i seni e lo sentii allontanarsi leggermente da me. Ne prese uno in mano e iniziò a massaggiare il capezzolo con il pollice, passando la lingua sull'altro. Qualche morso e divennero così duri da farmi male.

Lanciai un urlo quando sollevò la testa. "Non fermarti!"

Ma un attimo dopo mi prese tra le braccia e non esitai neanche un attimo a cingergli la vita con le gambe. Si voltò e si avviò alle scale, portandomi al piano di sopra come fossi una piuma. L'erezione prorompente strofinava contro il mio sesso, facendomi impazzire nonostante gli strati di tessuto a separarci.

Iniziai a leccargli il collo, assaporando il lieve salato della pelle. Feci un respiro profondo per inalare il suo profumo, così familiare e inebriante come una droga.

Arrivammo un attimo dopo in camera sua, dove mi lasciò sul letto.

"Ella."

Aprii gli occhi e trovai il suo sguardo ardente che mi marchiava a fuoco. Era assolutamente mozzafiato. Esaminai ogni centimetro del suo corpo muscoloso e perfetto, come una statua di marmo. Notai alcune cicatrici sulle braccia, un altro triste promemoria di quel giorno.

Mi sollevai sui gomiti e feci per sbottonargli i jeans, ma fece un passo indietro e si tolse gli scarponi. Nel giro di qualche secondo rimase davanti a me con indosso nient'altro che un paio di mutande aderenti, che non lasciavano assolutamente nulla all'immaginazione. Il mio sesso pulsava di desiderio, la seta tra le cosce sempre più bagnata.

Mi separò le gambe col ginocchio, facendo scivolare le dita sotto la curva del seno. Un tocco così delicato, ma che mi infuocò la pelle.

"Caleb," mormorai.

"Ella," rispose.

Non sapevo nemmeno io cos'è che avrei voluto dirgli. In quel momento per me non esistevamo altro che noi e quel desiderio irrefrenabile che ci univa. Le sue dita scesero fino ai bottoni dei jeans, che mi sfilò lentamente. Quando caddero a terra con un tonfo delicato, Caleb si allungò sopra di me. Riportò la bocca sulla mia in un bacio rovente. Poi le sue labbra presero vita ed esplorarono il mio corpo, scendendo fino al seno, ai capezzoli.

Poi posò baci delicati sulla curva del ventre, sui fianchi. In tutti quegli anni, nessuno aveva mai toccato le mie cicatrici, fatta eccezione degli infermieri e i dottori. Ma Caleb non esitò neanche un istante. Le baciò e accarezzò, facendomi venire i brividi. Il desiderio si stava facendo sempre più prepotente.

"Ella."

Aprii gli occhi quando pronunciò il mio nome. Sollevai la testa e incrociai il suo sguardo, così intenso e deciso che mi colpì dritta al cuore, distruggendo qualsiasi barriera avessi tirato su dopo l'incidente. Mi si riempirono di nuovo gli occhi di lacrime. In preda al panico feci quasi per spingerlo via, ma ce la misi tutta per soffocare quell'angoscia.

Sono di nuovo con Caleb. Caleb è qui con me. Siamo di nuovo insieme.

Con i suoi occhi fissi nei miei, fece scivolare le dita sulla seta bagnata delle mutandine.

Avevo bisogno di abbandonarmi al piacere puro per dimenticare il passato, per riallacciarmi a ciò che mi ero lasciata alle spalle. Inarcai il bacino verso il suo tocco, portando indietro la testa. Rotolò al mio fianco e portò giù le mutande, che non esitai un attimo a calciare via.

Iniziò a massaggiarmi e sentivo mancare l'aria con ogni passata delle sue dita. Mentre mi torturava, continuavo a mormorare il suo nome ancora e ancora, come se non fossi più in grado di dire nient'altro.

Portò la bocca tra le cosce e infilò un dito nel canale pulsante. Era sempre stato un amante generoso. Durante la gioventù si era creato qualche imbarazzo, ma ci eravamo sempre divertiti tanto nei momenti di intimità. Sapevo che avrebbe potuto continuare a stuzzicarmi pazientemente, ma ormai sentivo di essere già arrivata quasi al limite. Un altro dito seguì il primo e inarcai il bacino verso di lui, in estasi. Continuava a fottermi con le dita, mentre la lingua si dedicava al clitoride turgido.

La pressione dentro di me prese a crescere sempre di più, il piacere sempre più intenso. Fremevo tutta in modo incontrollabile, mentre Caleb mi stava facendo impazzire. Alla fine esplosi sulle sue dita, travolta da un'ondata di piacere che mi distrusse.

Ritrasse la mano e si alzò in piedi. Aprii gli occhi e lo osservai mentre si toglieva le mutande. Alla vista della sua erezione pulsante, il desiderio montò immediato in me.

Aveva il corpo ricoperto di muscoli. Si sdraiò sul letto e si girò verso la cassettiera. Nel giro di pochi secondi si infilò il preservativo e si allungò sopra di me. La sensazione era così bella che dovetti trattenere un grido deliziato.

Si posizionò tra le mie cosce e gli avvolsi le gambe attorno alla vita, iniziando a strofinarmi contro di lui. Sentire il pene caldo e duro scivolare tra le labbra umide mi portò quasi di nuovo al limite.

"Ella," mormorò.

Aprii gli occhi e trovai i suoi in attesa. Dentro vi vidi un'emozione che mi colpì dritta al cuore. Avevo dimenticato molte cose, ma mai quel senso di completezza che soltanto con lui riuscivo a provare. Mi sentivo allo stesso tempo vulnerabile e al sicuro. Mandai giù l'emozione che mi stringeva la gola. Non volevo crollare davanti a lui, non in quel momento. Perché poi, in realtà, stavo crollando soltanto perché la gioia di essere di nuovo insieme a lui era incontrollabile.

Mi spostò i capelli spettinati dal viso, lanciandomi un'occhiata che parlava più di mille parole. Riuscii finalmente a calmarmi.

"Voglio vederti bene," affermò.

Le sue parole mi colpirono profondamente. Anche io avevo bisogno di vederlo perdersi in un momento così intimo e speciale, dopo tutti quegli anni.

Si posizionò all'ingresso della mia femminilità e affondò dentro di me. Il senso di pienezza mi fece sussultare per quanto ero stretta. Era passato diverso tempo dalla mia ultima volta.

Caleb rimase fermo per un istante, intrecciando le dita alle mie. Ci guardammo negli occhi, entrambi con il fiatone.

"Mi sei mancata," ripeté ancora.

Capitolo Dieci

CALEB

Scrutare nell'abisso degli occhi di Ella mi faceva sentire di nuovo a casa, anche se da casa non me n'ero mai andato. Soltanto una donna era capace di farmi sentire così. *Ella.* La sentivo pulsare attorno a me, il canale caldo ed eccitato; il sudore della sua pelle si mescolava al mio; i capezzoli due boccioli turgidi che premevano contro il mio petto. Era come se il tempo avesse perso concretezza. Passato e presente sembrarono combaciare, mentre quei lunghi dieci anni di lontananza erano svaniti in un istante.

Il mio corpo iniziò a muoversi spinto dal desiderio irrefrenabile. Mi ritrassi per poi affondare di nuovo in lei. Con le gambe attorno alla mia vita assecondava ogni mia spinta. All'inizio me la presi con calma, riuscendo a mantenere il controllo. Ma non durò molto. Cominciai a penetrarla con più vigore, incoraggiato dalle sue urla e dai gemiti.

Il desiderio si stava facendo sempre più pressante, il mio corpo sentiva il bisogno di rilasciare la tensione. Ma non potevo, non ancora. Dovevo concentrarmi prima su di lei. Liberai una mano e la portai tra le sue cosce, iniziando a massaggiare il clitoride. Qualche secondo dopo Ella urlò di nuovo il mio nome, irrigidendosi attorno a me.

Così mi lasciai andare anche io. L'orgasmo mi travolse con una potenza tale da lasciarmi assolutamente disorientato. L'unica cosa che percepivo erano i muscoli del suo canale che mi stringevano con forza l'asta. Crollai sopra di lei e rotolai di lato, trascinandola sopra di me. Senza spezzare il legame, le feci scivolare una mano sulla schiena per posarla infine sulla natica.

Restammo immobili, i nostri respiri affannati una cosa sola. L'emozione del momento mi portò quasi alle lacrime. Cercai di ricordare l'ultima volta che avevo provato un qualcosa di così intenso. Probabilmente dieci anni prima, quando l'avevo vista sul lettino dell'ospedale.

Quanti anni buttati al vento, ma alla fine era tornata tra le mie braccia. La mia mano prese a esplorare di nuovo ogni centimetro del suo corpo, accarezzandole la schiena e la morbida curva del fianco, palpando dolcemente il seno. Arrivai a sfiorare le cicatrici.

Non mi era sembrata tanto in imbarazzo, ma più preoccupata per la mia reazione. Il pensiero che qualcuno potesse aver ferito i suoi sentimenti mi faceva ribollire il sangue nelle vene.

Ne tracciai nuovamente i contorni e sollevò la testa. Il sorriso che mi rivolse fu contagioso.

Ella mi guardò senza dire niente, gli occhi verde muschio fissi nei miei. Il mio cuore nel frattempo martellava violentemente contro la cassa toracica, ricordandomi di quell'amore così forte che un tempo avevamo condiviso.

"Beh," disse sottovoce, tracciando l'osso della clavicola con le dita.

"Beh cosa?"

Le guance le si tinsero di rosso e si strinse nelle spalle. "Non lo so. È stato..." Non completò la frase.

"Fantastico?"

Sorrise e il mio pene reagì, come per miracolo.

Mi sollevai verso i cuscini e la presi tra le braccia, per poi alzarmi e andare in bagno. Ore prima, l'avevo invitata a cena molto poco speranzoso. Ma quando invece aveva accettato, mi ero fiondato da lei senza neanche farmi una doccia dopo il lavoro.

"Dove stiamo andando?" mi chiese, con una risatina.

"Sotto la doccia," risposi, attraversando l'arco che portava al bagno.

Non ero mai stato un amante del lusso, ma quel bagno era speciale. All'inizio non avevo approvato il design di Owen e Ivy, trovandolo troppo sofisticato per i miei gusti. Ma Owen aveva insistito e il risultato era stato ben oltre le mie aspettative.

A malincuore, lasciai Ella davanti alla doccia. Mi sfilai il preservativo e accesi l'acqua calda. Nel giro di pochi secondi la stanza si riempì di vapore e trascinai Ella con me sotto il getto. Sollevò la testa per ammirare i due soffioni a cascata installati sul soffitto.

"Caspita. Che bello," mormorò.

Visto che c'ero, accesi pure alcuni dei getti alle pareti. Ella si fece una risata deliziata. "Scommetto che dopo il lavoro dev'essere una vera goduria."

"Oh, ci puoi contare. Mi ha dovuto convincere Owen perché all'inizio la trovavo un'idea ridicola. Ma adesso non potrei più farne a meno."

Ella iniziò a insaponarsi e non riuscivo a strapparle gli occhi di dosso. Negli anni avevo imparato l'importanza dell'autocontrollo, ma con lei davanti a me nuda, con la pelle bagnata e ricoperta di bollicine... era impossibile mantenere il controllo. Mi venne duro e dovetti voltarmi, prendendo lo shampoo per concentrarmi su qualcos'altro.

Mi girai soltanto quando il mio corpo si calmò e la trovai con la testa portata all'indietro, mentre si sciacquava i capelli. Mi fermai un attimo ad ammirarla. I suoi capelli castani le ricadevano lungo la schiena. Era snella ma forte. Il fisico era cambiato, più maturo, con curve da capogiro. Solo in quel momento notai le cicatrici sulla coscia. Un ricordo ancora fin troppo vivido mi tornò alla memoria.

Quella gelida e buia notte di dieci anni prima, quando l'avevo estratta dall'auto era piegata su un fianco. Ricordavo quel momento nei minimi dettagli, ma cercavo sempre di pensarci il meno possibile. L'incidente in sé era stato spaventoso, ma il peggio venne dopo: lo shock causato dalla morte di Jake e il terrore che Ella potesse non farcela. In ospedale erano riusciti a stabilizzarla, ma c'era comunque un alto rischio di infezione.

Però dopo tutti quegli anni si era ripresa, le cicatrici sul fianco e la coscia l'unico promemoria di quella terribile notte. D'istinto, mi avvicinai e le passai le mani lungo i fianchi.

Sorpresa, aprì gli occhi, le ciglia ornate di goccioline d'acqua. Il desiderio di farla di nuovo mia era forte, ma poteva aspettare.

"Sei bellissima," mormorò.

Spalancò gli occhi e dischiuse le labbra. Un istante dopo, mi chiese, "Non ti dà fastidio?"

"Che cosa?"

Fece scivolare una mano fino alla cicatrice sul fianco. "Tutto questo."

"Non potrebbe importarmene di meno, Ella. Sappi che sei sempre bellissima. Questi segni rappresentano tutto ciò che hai dovuto affrontare nella vita."

Mi guardò intensamente, come se stesse cercando di decifrare qualche significato nascosto che in realtà non c'era.

"A te danno fastidio?" le chiesi, poiché non mi era sembrata turbata dal suo aspetto fisico.

Scosse la testa. "No, ma..." Si morse il labbro, facendo una pausa. "Beh, ad alcuni non piacciono e non vorrei che anche..."

Un moto di rabbia mi assalì. Non è che mi aspettassi avesse passato dieci anni senza frequentare altri uomini. Per la miseria, perfino io avevo provato a vedere altre donne, dopo aver imparato a convivere con il mio cuore infranto. Ma detestavo l'idea che qualcuno potesse aver reagito male vedendo le cicatrici.

Per me la rendevano ancora più bella.

Mi guardò negli occhi e scosse di nuovo la testa. "Diciamo che alcune persone si sentono a disagio. Non arrabbiarti con sconosciuti che non contano e non hanno mai contato nulla. Voglio solo sapere se a *te* danno fastidio."

"Assolutamente no."

Capitolo Undici

CALEB

I caldi raggi del sole che filtravano dalla finestra mi svegliarono. All'inizio ero piuttosto confuso. Sentivo un corpo caldo e formoso contro il mio, e una gamba infilata tra le mie. Quando anche il cervello si avviò, ricordai che Ella era lì.

Con me.

In realtà era la prima volta che passavamo la notte insieme. Durante le superiori era stato impossibile. Eravamo troppo giovani e avremmo dovuto farlo di nascosto dai nostri genitori.

Io ci avevo pure provato a convincerla a inventarci qualcosa, ma non c'ero mai riuscito. Willow Brook era una piccola cittadina e suo padre il capo della polizia. Chissà quante volte mi avrà ripetuto che non sarebbe mai riuscita a nascondere niente ai suoi e che non avrebbe mai voluto deluderli.

Aprii gli occhi e vidi la sua chioma poggiata sulla mia spalla. Aveva i capelli più lunghi di quanto ricordassi. L'ultima volta che ci eravamo visti aveva il caschetto, mentre ora le arrivavano alla vita; una folta cascata color mogano perfetta da stringere tra i pugni, proprio come avevo fatto la notte prima quando eravamo tornati a letto dopo la doccia.

Era nuda e il mio pene ne era ben consapevole. Il seno morbido premeva contro il mio fianco e con una mano dietro la schiena la sentivo respirare. Senza riuscire a resistere alla tentazione, la feci scivolare fino al sedere rigoglioso. Ma i miei pensieri sconci vennero interrotti da Cremino.

Non aveva mai dormito sul mio letto, ma sapeva comunque che a quell'ora di solito ero già sveglio. Balzò ai piedi del letto con un miagolio. Lo guardai e lo trovai seduto sulle zampe posteriori, con la coda che ondeggiava a destra e sinistra sulla trapunta.

Ella si mosse leggermente, mormorando qualcosa. Quel gesto così innocente delle sue labbra sulla pelle me lo fece venire duro come il marmo.

Mentre il gatto ci fissava, le chiesi, "Sì?"

"Che cos'è?" chiese, più chiaramente di prima.

"Cremino," le risposi con una risata.

La guardai e incrociai il suo sguardo. Porca miseria. Al mattino era un vero spettacolo. Con i capelli arruffati, la pelle leggermente arrossata e gli occhi assonnati, mi faceva venire una voglia matta di passare la giornata a letto con lei. Anzi, avrei volentieri recuperato tutto il tempo perduto in quei dieci anni.

Si sollevò sul gomito e il lenzuolo le scivolò di dosso, scoprendole il seno. Aveva i capezzoli leggermente scuri, le curve piene che mi chiamavano come calamite. Senza neanche rendermene conto, mi abbassai e presi un bocciolo tra le labbra, succhiandolo.

Ella lanciò un urletto e scoppiò a ridere. Mi si strinse il cuore dall'emozione. "Ci sta guardando!" esclamò, dandomi una sberla sulla testa.

Tornai sui cuscini e lanciai un'occhiata a Cremino.

Con l'aria scocciata, miagolò di nuovo. "Mi sa che non ha la pappa," commentai, guardando Ella mentre le accarezzavo i capelli.

"Beh, allora vai a dargliela. Dai, io preparo la colazione."

Si alzò prima ancora che potessi oppormi. La mia erezione protestò, ma la seguii comunque. Ormai mi aveva letteralmente in pugno.

Scese in cucina con indosso una delle mie magliette, che le arrivava alle ginocchia, e un paio di calze, mentre io mi ero infilato giusto un paio di pantaloni da casa. Mi occupai di riempire la ciotola di Cremino, mentre Ella esplorava la cucina. Con la ciotola dell'acqua in mano, mi voltai verso di lei e la vidi in punta di piedi. Stava cercando di raggiungere alcune tazze su una mensola piuttosto in alto, quindi tutto quel movimento le stava sollevando la maglietta, mettendo in bella mostra il dolce fondoschiena. Quando notai le mutandine viola in pizzo, il mio cazzo reagì di conseguenza.

Voleva tornare a casa a cambiarsi, dato che la sera prima nessuno aveva pensato le sarebbe servito un cambio di vestiti. Fosse stato per me, le avrei fatto preparare le valigie per restare da me a tempo indeterminato. Eppure, nonostante quel ritrovato senso di pace, dovevo fare un passo alla volta. Per il bene di entrambi.

"Aspetta, ci penso io," le dissi, appoggiando la ciotola sul bancone. Senza la minima esitazione, mi fermai dietro di lei e le feci scivolare le mani lungo i fianchi, stampandole un bacio nella deliziosa curva del collo. Sussultò lievemente al contatto. Dopodiché, sollevai il braccio per prendere le tazze. Mi fermai a riflettere un attimo sull'organizzazione della mia cucina. In realtà era stata pensata soltanto per me.

Raggiungevo quasi il metro e novanta, mentre Ella sarà stata un metro e sessanta.

Feci un passo indietro e le passai le tazze, per poi tornare a riempire l'acqua di Cremino. Ella mise a fare il caffè e prima ancora che potessi tornare in cucina iniziò a frugare nel frigorifero. "Posso preparare delle omelette?" mi domandò.

Cremino mi corse tra i piedi e iniziò a divorare la pappa. "Fai quello che più ti va," le risposi, tornando da lei. Chiuse lo sportello e si voltò, poggiando i fianchi sul bancone accanto.

"Allora, hai uova, latte e del formaggio, ma la selezione di verdura è a dir poco pessima," commentò, con un sorrisetto.

Sapevo benissimo di non avere della verdura, almeno non in frigorifero. Mi strinsi nelle spalle, impassibile. "Ehi, lo sai che non sono mai stato bravo a cucinare."

Le mie parole le strapparono una risata. "Oh, lo so benissimo. Tua madre era disperata perché non volevi manco provare a imparare. Se per te va bene, posso fare delle omelette."

Annuii e si mise al lavoro. Avvolti in una piacevole aura famigliare, passò un'ora. Non avevo mai trascorso una mattinata simile in sua compagnia. Eppure, sembrava soltanto una tra molte. Mi preparò un caffè molto intenso, proprio come piaceva a me. Le omelette, per quanto semplici, erano deliziose.

Allo squillo di un telefono, venni riportato bruscamente alla realtà. Bevvi un sorso di caffè e guardai Ella. "È il mio telefono. Vuoi che risponda io?" le chiesi, dato che ce l'aveva lei.

Un'ombra cupa le oscurò gli occhi e ricordai il motivo di quello scambio. I lineamenti rilassati del suo viso si irrigidirono all'istante.

Cazzo. La questione andava risolta il prima possibile. Non sopportavo di vederla in quelle condizioni.

"Perché non vai a prenderlo? Tanto nessuno lo sa che ce l'hai tu, al momento."

Scivolò giù dallo sgabello e ciabattò via. La seguii con lo sguardo, perché non potevo fare a meno di guardarla. Con la mia maglietta addosso era un vero spettacolo.

Il telefono smise di squillare non appena tornò. Controllai lo schermo e vidi che mi stava chiamando Nate. "Lo sento più tardi. Dovrò spiegare a chi mi conosce che adesso il mio telefono ce l'hai tu. Posso, sì?"

"È strano, ma è un vero sollievo non avere più il mio. Che mi prendano pure per matta, ma io quello lì non lo sopporto più," disse amareggiata.

Quella rabbia che la passione della notte prima era riuscita a soffocare ritornò violenta a galla. "Quand'è che ha iniziato, Ella?"

Prese la tazza vuota e si voltò per fare il bis. "Ne vuoi dell'altro anche tu?"

Quando scossi la testa, si voltò e scivolò sullo sgabello davanti a me, rispondendo finalmente alla mia domanda. "Più o meno un anno e mezzo fa. Ho iniziato a lavorare all'università due anni fa, all'inizio del semestre autunnale. Poi ci siamo conosciuti e qualche mese dopo mi ha chiesto di uscire. Senza che io avessi mostrato il minimo interesse, eh. Ovviamente l'ho rifiutato, sperando che mollasse la presa. E invece, è iniziato il mio inferno. Andava a periodi. Per un mesetto circa non mi calcolava di striscio e poi ricominciava all'improvviso. Non faceva che peggiorare le cose, perché non riuscivo mai a rilassarmi. Appena abbassavo le difese, ricominciava a torturarmi."

Il suo sguardo sincero incrociò il mio, come se

sentisse il bisogno di convincermi delle sue parole. "Però ieri sera dicevo sul serio, avevo già in mente di tornare. Pensavo di aver trovato il lavoro dei miei sogni, ma lì non mi sentivo davvero a casa. Prima di tornare volevo trovare il lavoro giusto, però a un certo punto non ce l'ho più fatta. Il caso vuole che quando ho finalmente deciso di andarmene, si è aperta una posizione proprio qui vicino."

La guardai intensamente, cercando di riordinare le idee. Non riuscivo a pensare a nient'altro che a quel Lance, a tutto ciò che le aveva fatto e stava continuando a farle. Dovevo fargliela pagare cara. Ma non volevo che Ella vedesse quanto ero furioso. Le passai di nuovo il mio telefono. Con un respiro profondo, afferrò la tazza tra le mani e sorseggiò il caffè.

"Ammetto che mi vergogno di questa situazione. Ma ora che lo sapete sia tu che mia madre è come se mi fossi tolta un peso enorme dal petto. Gli amici a cui ne avevo parlato hanno provato ad aiutarmi, ma non era lo stesso. Portland è una città molto grande. Pensi che prima o poi mi lascerà in pace, ora che sono qui?" mi chiese, come se avessi davvero la risposta a quella domanda.

Aveva uno sguardo che non mi piaceva affatto, inquieto e sfinito. Avrei tanto voluto dirle ciò che avrebbe voluto sentire, ma non potevo. "Non lo so, Ella. Lo spero tanto. Spero che tuo padre abbia qualche idea per vendicarti di lui." Non riuscivo neanche a pronunciare il nome di quel bastardo a voce alta, ma era come impresso a fuoco nella mia mente: Lance Wallace.

Ella bevve altro caffè, tracciando con il dito dei cerchi sul ripiano. Cremino balzò sul bancone e si fermò al suo fianco. Era arrivato proprio al momento giusto. Chissà se l'aveva fatto di proposito. Comunque, era riuscito a interrompere quella conversazione così scomoda. Ero un uomo che andava sempre dritto al punto e che risolveva sempre le questioni con le sue mani, ma quella questione al momento era fuori dalla mia portata, cosa che non riuscivo proprio a sopportare.

Ella guardò prima il gatto e poi me, con un sorriso sulle labbra. "Può salire sul bancone?"

Mi scappò una risata. "Ho provato a insegnargli a non farlo, ma non sono molto bravo ad addestrare i gatti. Conta pure che durante l'estate capita spesso che abbia la casa tutta per sé. Mia madre passa due volte al giorno e una volta ha provato a portarlo a casa sua, ma l'ha praticamente costretta a riportarlo qui per l'esasperazione. In lavanderia c'è una porticina per gatti, quindi quando non ci sono è lui il padrone di casa. Il veterinario ha detto che la vede come il suo territorio."

Ella gli accarezzò la schiena e il muso, ricevendo in cambio fusa deliziate. Vederli insieme mi strinse il cuore. Ma il ricordo di quei terribili messaggi della sera prima continuava a rovinare quel momento così idillico. Nonostante la rabbia, ciò che più mi faceva male era la consapevolezza che Ella aveva continuato a soffrire per un anno e mezzo. Dovevo andare a parlare con Rex il prima possibile.

Capitolo Dodici

CALEB

Quel pomeriggio, attraversai la porta che univa la caserma alla stazione di polizia. La centrale di Willow Brook si trovava in pieno centro città, sulla Main Street. Dopo la piacevole mattinata con Ella, mi ero fiondato al lavoro. Fuori dalla stagione degli incendi gli hotshot gestivano comunque le emergenze in loco, partendo per missioni sul territorio dell'Alaska quando necessario. Però l'estate restava comunque la stagione più impegnativa. Purtroppo non ero potuto andare subito da Rex, trattenuto da un incidente con una stufa a legna. Ogni autunno, troppa gente iniziava ad accenderle senza prima pulire i tubi da detriti e sterpaglie accumulati nel tempo.

Dopo una rapida doccia, avevo deciso di passare da Rex. Bussai piano alla porta con un, "Ehi, Rex. Hai un minuto?"

Rex Masters sollevò lo sguardo e un sorriso gli incurvò le labbra. "Entra pure. Che piacere, Caleb," disse, invitandomi dentro con un gesto della mano.

"Sempre un piacere anche per me, Rex," replicai.

Prese la tazza che aveva di fronte e la guardò con aria corrucciata.

"Ti serve altro caffè?" gli domandai.

"Se non ti dispiace," rispose facendomi l'occhiolino.

Tornai in corridoio ed entrai nella piccola sala relax di fronte al suo ufficio, dove trovai la caffettiera piena. Maisie, la centralinista, lo straviziava.

Tornai con due tazze e gli lanciai un'occhiata. "Ti dispiace se chiudo la porta?"

Rex mi guardò perplesso, probabilmente chiedendosi perché volessi privacy, ma acconsentì comunque. Gli porsi il caffè, chiusi la porta e mi accomodai di fronte alla scrivania.

"Immagino che Ella abbia passato la notte da te," esordì.

Per poco non mi strozzai con il caffè. Non è che avessi intenzione di nascondere a lui o chiunque altro il nostro rapporto, ma era pur sempre suo *padre*. Certo, ormai era una donna di quasi ventisette anni, ma l'idea di parlare di dettagli così personali con suo *padre* non mi entusiasmava. Soprattutto perché i sentimenti che nutrivo per lei erano tutt'altro che platonici, proprio l'esatto opposto.

Rex si fece una risata, con un'alzata di spalle. "È un'adulta e poi tu mi sei sempre piaciuto." Senza aspettare risposta, continuò. "Fammi indovinare, vuoi parlarmi di quello stronzo del suo stalker, vero?"

"Ci puoi contare. Mi ha detto che ieri ne ha parlato con Georgia, quindi immagino ti abbia già riferito tutto lei."

Rex poggiò la schiena alla sedia, bevendo un sorso di caffè con aria assorta. "Georgia è piuttosto alterata e io sono davvero furioso."

"Sono furioso pure io. Ella avrebbe dovuto parlarne prima."

Rex indicò il computer. "Stamattina ho scritto a un conoscente del dipartimento di polizia di Portland. Mi ha appena inviato i precedenti di questo Lance Wallace e le varie denunce di Ella. Stasera ne parlerò con lei. Sono incazzato nero perché non hanno fatto un fico secco per aiutarla, ma vedrò io di sistemare la faccenda con questi documenti. Quel tizio sarà anche a chilometri di distanza da qui, ma Ella è nella mia giurisdizione. Ho anche sentito un amico di Anchorage che si occupa di crimini digitali senza dover aderire ai confini statali. A te che ti ha detto?"

Mi tolsi il suo telefono dalla tasca. Quella mattina volevo restituirglielo per eliminare qualsiasi cosa preferisse nascondermi. Ma, con una risata, mi aveva assicurato di avere una vita piuttosto noiosa. Non avrei trovato altro che messaggi con la famiglia e gli amici. Cercai quelli inviati da Lance la sera prima e poi feci scivolare il telefono verso Rex.

"Questi sono arrivati durante la cena. All'inizio non voleva parlarmene, ma poi ha ceduto. Le ho chiesto io di scambiarci i telefoni."

Però Rex era troppo impegnato a leggere i messaggi per darmi retta. Fiamme d'ira gli bruciavano negli occhi quando li sollevò. "È una follia! E va avanti così da quasi due anni, non ci credo." Si passò una mano tra i capelli, sospirando. "Ne ha già dovute passare tante nella sua vita. Nessuno merita questo genere di tortura."

Ovviamente condividevo a pieno. Ero furioso quanto lui, ma per un padre doveva senz'altro essere più dura.

"Perché hai il suo telefono?" mi domandò, confermando i miei dubbi. Non mi aveva sentito.

"Le ho suggerito di scambiarceli, quindi per sentirla vi basta contattare il mio numero. Almeno così può ignorare quella testa di cazzo e non preoccuparsi troppo. Secondo te come dovrei rispondergli?"

L'espressione cupa di Rex svanì con una sonora risata. "Geniale! Ma in fondo sei sempre stato un ragazzo sveglio," commentò, inarcando un sopracciglio. Poi si fermò a bere un sorso di caffè. "Allora ne parlo con il mio amico di Anchorage. Voglio trovare il modo per incastrare questo stronzo. Per il momento è meglio se non gli rispondi. So che la tentazione è forte, ma non vorrei complicasse la situazione. Salva i messaggi e inoltrami tutti quelli che ricevi."

Mi passò il telefono e gli inviai quelli della sera prima. Con Ella non ne avevo ancora parlato perché non avevo intenzione di turbarla più del dovuto. Ma in realtà sapevo anche che sarebbe stato difficile *non* rispondere a Lance. Morivo dalla voglia di mandarcelo a crepare all'inferno, ma ovviamente avrei seguito il consiglio di Rex.

Dopo un sorso di caffè posai la tazza sul bracciolo della sedia, tenendola stretta con una mano mentre sollevavo lo sguardo verso quello di Rex. "Ammetto che non sarà facile. Però hai ragione. Voglio che quel tizio scompaia dalle nostre vite, ma secondo te cosa dovremmo fare con le e-mail?"

"Giusto, Georgia mi ha parlato anche di quelle. Me le farò inoltrare direttamente da Ella questa sera. Lui non saprà mai che sono state inviate anche a me e io avrò tutto il materiale incriminante in mio possesso. È normale che i vermi come lui non agiscano mai di persona. Si divertono a tormentare le vittime psicologicamente. Spero che riusciremo a fermarlo una volta per tutte, ora che Ella è qui con noi. Però non mi darò pace finché non sarò riuscito a fargliela pagare cara."

"Grazie a Dio ce ne ha parlato," commentai, passandomi una mano tra i capelli. La rabbia e la frustrazione mi stavano consumando. Ella era stata costretta a subire le torture di quell'idiota per quasi due anni, senza che potessi fare nulla per lei.

Rex annuì. "Teniamoci aggiornati, ok? Vedrai che ne verremo a capo. Ella sta girando con il tuo telefono. Sai che lo noteranno tutti, vero?" disse con una risata.

Mi strinsi nelle spalle. "Sì, lo so. Ma ha detto che in realtà non le importa se girano voci sul nostro conto."

Rex mi guardò intensamente, con aria pensierosa. "Sono contento che abbiate riallacciato i rapporti," concluse.

La conversazione stava iniziando a diventare scomoda. Avrei preferito non raccontargli com'è che avevamo *davvero* riallacciato i rapporti. Mentre cercavo qualcosa da dire, l'interfono interruppe la conversazione annunciando un incidente fuori città.

Ci alzammo subito e lasciai il suo ufficio per tornare in caserma. Insieme ad alcuni ragazzi della mia squadra passai accanto al luogo dell'incidente di Ella. Era già passata più di una settimana da quel giorno. Mai avrei potuto immaginare che sarebbe ripiombata all'improvviso nella mia vita per metterla sottosopra.

Capitolo Tredici

ELLA

"Ella?" chiamò una voce femminile.

Sollevai la testa e vidi una dottoressa che non conoscevo sulla porta dell'area accoglienza. La guardai negli occhi e mi sorrise, con sguardo interrogativo.

Misi da parte la rivista che stavo sfogliando e mi alzai in piedi. "Sono io," dissi, sollevando leggermente la mano.

Quando ero stata dimessa dall'ospedale dopo l'incidente nel fosso, mi avevano fissato in automatico un appuntamento alla clinica di Willow Brook. Erano passati anni dall'ultima volta che ci ero stata. Negli anni doveva essersi aggiunta un'altra dottoressa, perché mi aspettavo di trovare il dottor Johnson. Ma secondo i miei calcoli, doveva ormai aver raggiunto la settantina.

Mi fermai davanti a lei e mi porse la mano, con un altro sorriso. "Ciao, Ella. Sono la dottoressa Charlie Lane. Diamoci pure del tu."

"Molto piacere. Io sono Ella, ma direi che lo sai già," risposi, stringendole la mano.

Mi invitò a seguirla e si chiuse la porta alle spalle.

"Dunque, mi sembra di aver capito che sei qui per farti rimuovere dei punti, giusto?"

"Lo spero. A quanto pare, prima di poterli rimuovere c'è bisogno della tua approvazione."

Arrivammo in una stanzetta e mi fece sedere su una sedia. Dopo aver chiuso la porta si accomodò su uno sgabello collegato a un qualche macchinario.

Mentre batteva sulla tastiera, la osservai attentamente. Non avevo mai conosciuto un dottore così giovane. Aveva i capelli scuri con una peculiare ciocca viola su un lato e grandi occhi grigi dietro un paio di occhiali. Indossava un camice bianco e aveva l'aria molto seria e professionale.

"Vedo che sei una nostra paziente da quando eri bambina," commentò.

"In fondo è l'unica clinica che abbiamo qui in città. Il dottor Johnson seguiva praticamente tutti, no? Però immagino tu sia qui da poco. Questo posto è cambiato tantissimo, sai," osservai.

L'ufficio era stato ritinteggiato da zero e l'arredamento rimodernato. Charlie annuì e si fece una risatina.

"Sì, sono arrivata da poco da Boston. Ho sempre voluto vivere in Alaska, quindi quando ho trovato questo lavoro mi ci sono fiondata. In realtà sono nata in Alaska quando mio padre faceva il militare, ma i miei si sono trasferiti ancora prima che iniziassi a frequentare l'asilo. Quindi tornare qui era il mio sogno."

"E hai intenzione di restare a lungo termine?" le domandai, curiosa.

Annuì e le brillarono gli occhi. "Amo vivere qui e Willow Brook è proprio il posto adatto a me. È un paesino piccolino che sembra sperduto in mezzo al nulla ma in realtà dista poco da Anchorage, quindi se dovesse mancarmi la città posso sempre farci un salto."

"Anche a me piace proprio per quello. Ma almeno un inverno qui l'hai passato?"

Charlie scosse la testa e sorrise. "Non ancora. Anche a Boston l'inverno non perdona, ma so che qui dura più a lungo e le giornate sono molto buie. Però sono ottimista, so che ce la farò," rispose con sicurezza. "Adesso fammi dare un'occhiata ai punti. Però prima ho giusto qualche domanda di routine da porti."

Le sorrisi e iniziò con le domande, poi mi misurò la pressione e mi invitò a salire sulla bilancia. Neanche una volta tirò fuori l'incidente di dieci anni prima. Sinceramente, era un vero sollievo, ma in effetti erano ormai passati davvero tanti anni.

Quando finì, mi invitò a sedermi sul lettino. Poi si avvicinò e spostò i capelli dalla fronte per controllare i punti. "Direi che qui va tutto bene. Sei pronta?"

"Pronta."

Fu talmente rapida che non sentii praticamente nulla.

"Niente sangue," commentò, disinfettando con cura la zona. "Se preferisci, possiamo evitare di mettere un cerotto. Ti consiglio di applicare questa crema sulla ferita per qualche giorno," disse, passandomi la confezione. "Però attenta quando ti lavi la faccia o pettini i capelli. La pelle è ancora delicata, ma sta guarendo bene. Alla fine non dovrebbe rimanere nemmeno la cicatrice."

"Menomale," commentai. "Qualcos'altro?"

Scosse la testa. "Direi di no. Siamo a posto così."

"Perfetto. È stato un vero piacere," le dissi, mentre tornavamo all'ingresso. "Quindi d'ora in avanti dovrò fare riferimento a te, giusto?"

Annuì con un sorriso, entrando in sala d'attesa.

Quando voltai lo sguardo, notai Jesse Franklin. Jesse era un amico e collega di Cade che conoscevo da anni. Si era trasferito in città quando io ero ancora alle superiori e Cade si era già diplomato. Erano diventati subito amici, restando in contatto pure quando mio fratello se n'era andato. "Ehi, Jesse!" esclamai. "E tu che ci fai qui?"

Mi rivolse un sorrisetto furbo. "La settimana scorsa mi sono lussato la spalla, quindi sono passato per un controllo," spiegò, facendola roteare.

Si avvicinò ad abbracciarmi e mi arruffò i capelli. Era ancora bellissimo, con i capelli colore dell'ambra e gli occhi verdi che scintillavano come sempre. Per me era praticamente un fratello. "Che bello rivederti," mormorai.

"Mi fa tanto piacere sapere che sei tornata. Non sai quanto sono felici Cade e tuo padre," replicò facendomi l'occhiolino.

Quando mi voltai a salutare Charlie notai che aveva l'aria strana, le guance arrossate. Jesse invece cambiò completamente atteggiamento quando la guardò. "Salve, dottoressa Lane. Questa volta sono arrivato in orario."

La dottoressa Lane, anzi, Charlie, sembrava molto meno rilassata rispetto a prima. Non l'avevo ancora vista così nervosa.

"Spero di poter ricominciare subito a lavorare," aggiunse Jesse.

Confusa dalla situazione, decisi che era meglio lasciarli soli. Li salutai e mi fiondai fuori dalla clinica.

Capitolo Quattordici

ELLA

Poco dopo, entrai al Firehouse per un caffè con Holly. Non feci neanche in tempo a guardarmi intorno che Janet mi notò subito e attirò la mia attenzione. Si avvicinò con un vassoio pieno in mano e mi prese a braccetto.

"Ma ciao, Ella!" Mi strinse dolcemente il braccio e mi trascinò in cucina, dove lasciò i piatti sporchi accanto alla lavastoviglie.

"Stai aspettando qualcuno, vero? E chi?" mi chiese.

Sorrisi, contagiata dal suo entusiasmo. "Holly. Non sono neanche riuscita a controllare se è già arrivata."

Janet si spostò una ciocca di capelli brizzolati dagli occhi e scosse la testa. "No, non è ancora arrivata. Ma se vuoi posso già prepararti il caffè."

"Ma non ti devi occupare della sala?" le chiesi con una risata.

"Oh, giusto," replicò, ridendo a sua volta. Poi si allontanò e uscì subito. Un ragazzo si stava occupando di pulire i piatti, mentre una ragazza cucinava alla griglia. A me piaceva proprio tanto andare a mangiare lì perché trovavo sempre Janet al bancone, pronta a rallegrarmi la giornata.

Era una cara amica dei miei genitori, ma probabilmente di tutti in città. Il Firehouse era un pilastro di Willow Brook, soprattutto grazie a lei. Era una vera ficcanaso e non si faceva mettere i piedi in testa da nessuno, ma aveva un cuore d'oro ed era sempre pronta ad aiutare un amico in difficoltà.

Quando la seguii in sala vidi che stava già parlando con un cliente che la stava aspettando. Nello stesso momento, notai Holly che entrava dalla porta, quindi la raggiunsi.

"Ehi!" esclamò, abbracciandomi. "Mi sa che almeno per un annetto dovrai sopportare tutti i miei abbracci."

"Sai che dispiacere," risposi con una risata.

E così, ci mettemmo in fila anche noi. "Vedo che ti hanno tolto i punti," commentò, guardando la fronte.

Non mi ero manco fermata un attimo a controllarmi allo specchio, prima di lasciare la clinica. Passai la mano sulla ferita, sentendo la pelle decisamente più liscia di prima. "Eh, già. Giusto stamattina. Ho conosciuto la dottoressa Lane, sembra una donna in gamba. Mi ha chiesto subito di darci del tu. Tu l'hai già conosciuta?"

Holly annuì. "Sì, sì. Non sono ancora andata a farmi visitare, ma mia madre sì. L'ho accompagnata e, sai com'è fatta... Le ha praticamente fatto il terzo grado. Ma il dottor Johnson è lì lì per la pensione, quindi menomale ha trovato un degno sostituto. Però gli uomini in città non fanno che lamentarsi. Ho detto a Nate di tapparsi la bocca perché Charlie è una bonazza. Dico io, se la scelta è tra una visita con un vecchietto o una con una sventola super intelligente... beh, non ci sono paragoni."

Scoppiai a ridere. "Sì, è proprio bella. Ma forse è proprio per questo che gli uomini si vergognano di farsi visitare quando sono in condizioni imbarazzanti."

Holly alzò gli occhi al cielo. "Lo so. È che in generale non amano andare dal medico. Lo evitano come manco la peste, guarda."

Arrivammo davanti a Janet, che sfoderò un sorriso raggiante. Come se non ci fossimo appena viste. "Ciao, ragazze. Che prendete?"

"Io un espresso, senza zucchero," risposi.

Holly alzò gli occhi al cielo. "Sempre la solita sbruffona. Io prendo un mocaccino con sciroppo di caramello e panna montata."

"Ma vuoi farti venire il diabete?" replicai, divertita dalla situazione. Con lei era sempre stato così, passavamo il tempo a bisticciare come due bambine.

Con i caffè in mano, trovammo subito un tavolo in un angolo. Con l'arrivo dell'autunno le frotte di turisti si andavano assottigliando. Le giornate si erano fatte già più fredde, le notti gelide. Come quasi in tutta l'Alaska, anche Willow Brook era piuttosto affollata durante la primavera e l'estate. Ma la nostra vicinanza ad Anchorage attirava i turisti più avventurieri che però preferivano comunque non allontanarsi troppo dagli agi delle grandi città.

Ma già ai primi soffi di vento gelido, tornava a regnare la calma. Con un respiro profondo mi guardai intorno, assaporando la piacevole sensazione di essere di nuovo a casa. Certo, ero passata più volte a trovare i miei genitori. Eppure, dato che ormai ero tornata a tempo indeterminato, c'era qualcosa di diverso. Potevo finalmente provare una sensazione di pace e armonia.

Holly fece per dire qualcosa, ma fu interrotta dalla vibrazione del suo telefono. Sollevò un dito e rispose alla chiamata. Sorseggiai il mio caffè, ripensando alle ultime ventiquattr'ore. L'ultima volta che ci eravamo viste era stata qualche sera prima al Wildlands, quando poi mi aveva riaccompagnata a casa Caleb. Ero indecisa se raccontarle o meno gli sviluppi della situazione.

Però Holly era l'amica più cara che avessi lì a Willow Brook e avevo bisogno di conferme. Precisamente della conferma che non avessi fatto una pazzia accettando di portarmi Caleb a letto. Perché io mezza pazza mi sentivo davvero. Ogni sensazione, ogni emozione che provavo era dieci volte più intensa del normale. Così tanti bei ricordi di quel nostro amore erano stati soffocati dal trauma. Iniziavo a sentirmi di nuovo una sciocca ragazzina innamorata. Talmente sciocca che se quella mattina Caleb mi avesse chiesto di sposarlo, probabilmente gli avrei pure detto di sì.

Ma mi sentivo anche tremendamente confusa, attanagliata da spiacevoli dubbi che non mi facevano sentire all'altezza di un uomo come Caleb. Soltanto lui riusciva a farmi sentire così completa, così felice e protetta che manco sarei riuscita a esprimerlo a parole. Quando era al mio fianco, quella paura instillata nel mio cuore da Lance svaniva nell'aria. Ero convinta che Caleb fosse in grado di placare qualsiasi mio timore. L'inquietudine e il terrore con cui avevo convissuto per più di un anno mi spingevano a mettere in discussione la minima cosa. Perché in realtà preferivo badare a me stessa da sola, senza dipendere dagli altri. Per non parlare di quell'angosciante senso di colpa che non mi aveva mai lasciata dalla morte di Jake, quella morte che in qualche modo avrei dovuto evitare.

Una battaglia interiore che la logica non avrebbe mai potuto vincere.

La mia psicologa aveva cercato di farmi capire che non aveva più senso fuggire, né dal passato né da Caleb. Secondo lei l'avevo lasciato soltanto per punire me stessa, perché non pensavo di meritarmelo. Quanto avrei voluto urlare, dopo quelle sue parole. Se non altro perché erano state la luce in fondo a quel buio tunnel in cui mi ero smarrita per anni.

Il problema era diventato ovvio: ci eravamo lasciati senza un motivo ben preciso, da un giorno all'altro senza nemmeno discuterne. Così era stato praticamente impossibile metterci una pietra sopra. Ma dopo l'incidente la mia vita era stata messa praticamente a soqquadro, tra lutto, rimorso e condizioni fisiche che mi avevano costretta a dipendere dai miei genitori, almeno all'inizio. In quegli ultimi due anni prima del diploma avevo come vissuto in un limbo.

Poi, all'università, immergermi totalmente nello studio era stata la mia ancora di salvezza, che mi aveva concesso di trovare il lavoro dei miei sogni. Eppure, anche lì, Lance era riuscito a rovinare tutto. La ricerca e l'insegnamento erano tutta la mia vita, una passione che ero sicura di padroneggiare. Ma lui era riuscito a infangare le acque così limpide di quella mia oasi, rendendola inospitale.

Tornai alla realtà quando Holly mi chiamò. Ero rimasta incantata, con lo sguardo fuori dalla finestra.

"Scusami, che hai detto?" le domandai.

"Avevi la testa tra le nuvole, eh?" Mi strinsi nelle spalle e continuò. "D'accordo, allora prima liberiamoci delle brutte notizie," disse. Poi bevve un sorso del suo caffè a mio parere troppo dolce e poggiò i gomiti sul tavolo.

"Come cavolo fai a bere quella roba?" le chiesi, guardando la panna montata con tutto quel caramello sopra.

Holly alzò gli occhi al cielo. "Proprio come tu bevi quella schifezza amara lì, sai. Dai, parliamo delle cose brutte."

Holly non poteva saperlo, ma le sue parole mi portarono quasi alle lacrime. Dato che non mi sembrava proprio il caso scoppiare a piangere in pubblico, sorseggiai il caffè per calmarmi. Da ragazzine avevamo deciso che avremmo sempre incominciato una conversazione partendo dalle cose brutte, per tirare fuori tutte le emozioni negative sin dal principio. Era sempre stata una nostra regola speciale.

"Ok, quali cose brutte però?"

"Ma c'è da chiederlo? Tutta quella storia del tuo stalker, no? Spero tu ne abbia già parlato con tuo padre."

Ah, già. Decisamente un brutto argomento, ma mi sentivo molto più tranquilla da quando Caleb si era preso il mio telefono. Non sarà stato nulla di che, ma non dovermi ritrovare il cellulare bombardato di messaggi sgradevoli era un vero sollievo. Forse era giunto il momento di spiegare la situazione anche a Holly. Per organizzarci aveva telefonato a casa dei miei genitori, dov'ero passata per puro caso per cambiarmi dopo la notte con Caleb. Grazie al cielo i miei erano già usciti per il lavoro.

"Gli ha raccontato tutto mia madre e stasera volevo parlarci pure io."

Holly si appoggiò allo schienale. "Quello stronzo si è più fatto sentire?"

"Beh, in realtà non lo so. Ieri ho cenato con Caleb e ho ricevuto una sfilza di messaggi da Lance. Caleb li ha visti e ha dato di matto, ma alla fine mi ha proposto di scambiarci i telefoni. Sarà una cazzata, ma almeno così non può più tormentarmi. Non sai che sollievo, guarda."

Holly rimase a bocca aperta e poi scosse la testa. "Cazzo, che genio che è Caleb. Ma lo sapevo già. Come so che ti adora ancora. D'accordo, allora possiamo pure cambiare argomento, ma solo se mi prometti che ne parlerai con tuo padre. Ah, e dopo sento Caleb per ringraziarlo. Devo chiamare il tuo numero, giusto?"

"Esatto, perché il mio telefono ce l'ha lui. Dovrò far sapere in giro che per contattarmi basta chiamare il numero di Caleb."

"Ok, argomento chiuso. Allora... ieri sera hai cenato con Caleb, eh?" mi chiese Holly, senza perdere manco un secondo.

Con le guance in fiamme, annuii. Non aveva alcun senso nasconderglielo, non in una città così piccola. Ancora non sapevo bene come muovermi, ma avrei beneficiato dell'opinione onesta di un'amica come lei.

"Mi ha invitato a cena mentre tornavo da Anchorage e ho accettato," le spiegai.

Holly agitò la mano in un cerchio e bevve un altro sorso di caffè, pulendosi con un gesto svelto la schiuma dalle labbra. "So che c'è dell'altro, mia cara. Guarda come sei rossa," replicò. "Oh, dimmi che ci state riprovando! Ti prego, ti prego! La mia vita sentimentale fa pena, quindi voglio vivere indirettamente attraverso la vostra storia."

"In che senso? Tutto..."

Ma Holly mi interruppe prima che potessi chiederle se andava tutto bene. "Oddio, tranquilla. Va tutto bene. Diciamo che sono a secco da un saaaacco di tempo. Ma torniamo a voi due. Com'è andata a finire?"

"Ancora non so bene cosa significhi, ma abbiamo passato la notte insieme."

Holly lanciò un gridolino deliziato, attirando qualche sguardo su di sé.

"Ehi, abbassa la voce, dai!" sibilai.

Holly si strinse nelle spalle. "Mica lo sanno di che

stiamo parlando, insomma! Beh, com'è stato? Magico, eh?"

Sentii le guance in fiamme. Un'altra volta. Non frequentandola più spesso quanto prima avevo dimenticato quanto fosse sfacciata. Incrociai quei suoi occhi furbi e scossi lentamente la testa. "Non posso mica darti tutti i dettagli, sai."

"Oh, non li voglio mica tutti," contestò, agitando nuovamente la mano. "Mamma mia, no. Sarebbe troppo strano. Dammi giusto l'idea generale."

Aprii la bocca per risponderle, ma al posto delle parole uscì una sonora risata.

"Dai, lo capisco dal tuo rossore," affermò facendomi l'occhiolino. "Sono proprio contenta. Mi è dispiaciuto tanto quando vi siete lasciati."

Nonostante la perdita di Jake, Holly aveva affrontato la tragedia di petto. Avrei tanto voluto essere forte come lei. Ritornando indietro, avrei evitato in qualunque modo di crogiolarmi nel mio dolore, allontanandomi da tutto e tutti per distrarmi dal trauma. Ma non si poteva cambiare il passato. Tornando alla questione attuale, dopo l'incidente non avevo avuto occasione di parlare seriamente della rottura con la mia amica.

Anche lei stava soffrendo come tutti noi, avendo perso il suo ragazzo. Si erano conosciuti attraverso me e Caleb, essendo i nostri rispettivi migliori amici. Dopo qualche appuntamento doppio avevano finalmente deciso di ufficializzare la relazione giusto qualche mese prima dell'incidente. Dunque, non mi era sembrato il caso disturbare il suo lutto con i miei problemi di cuore.

Ma avevo deciso finalmente di cambiare, di voltare pagina. Con un respiro profondo, la guardai dritta negli occhi. "Cioè?"

"Senti," esordì, l'espressione più seria e cupa. "Dopo l'incidente abbiamo perso Jake e tu sei finita in ospedale. L'esperienza ha traumatizzato tutti e tu ti sei sentita di dover lasciare Caleb. Non so come mai tu l'abbia fatto, ma mi è dispiaciuto tantissimo. Purtroppo non siamo mai riuscite a parlarne, ma è normale. Sicuramente avevi paura, come del resto tutti gli altri, di darmi altre brutte notizie."

Mi feci coraggio con del caffè e annuii. "Proprio così," dissi piano.

Holly mi strinse forte la mano. "Ero a pezzi e pure preoccupatissima per te. Santo cielo, sei rimasta in ospedale per tre settimane, che ai tempi sono sembrate un'eternità. Quando la situazione si è placata, ero solo tanto triste che voi due non foste più insieme. Non mi hai mai detto perché vi siete lasciati."

Certo, la terapia mi aveva aiutato davvero tanto, ma ancora troppe cose erano rimaste non dette. Le strinsi a mia volta la mano, lasciandola poi andare. "Avevo bisogno di una pausa, ma l'ha presa male e abbiamo litigato. Nonostante abbia incominciato io, diciamo che alla fine abbiamo deciso entrambi di lasciarci. Eravamo stravolti e sconvolti. Poi non abbiamo più provato a riallacciare i rapporti. Lui si è diplomato ed è andato all'università e io ho continuato con la mia vita."

Holly mi guardò a lungo, un sorriso mesto sulle labbra. "Ho infranto la regola," disse, giocherellando con la cannuccia.

"Che regola?"

"Sto ancora parlando di cose brutte."

Scossi la testa. "Beh, dai, queste sono più tristi che brutte. Nessuno potrà mai riportarci Jake, ma possiamo almeno sforzarci di chiarire finalmente la situazione."

"Io ormai mi sono lasciata tutto alle spalle, Ella. E vorrei tanto lo facessi anche tu."

"In che senso, scusami?" le domandai, sapendo in realtà dove stesse andando a parare.

Il suo sguardo penetrante iniziò a mettermi a disagio. Mise giù il caffè e posò i gomiti sul tavolo. "Ok, d'accordo, l'hai voluto tu. Mi sono proprio stufata, sai? Ogni volta che si parla dell'incidente o viene nominato Jake ti si spegne lo sguardo. Ti conosco. So che ti senti responsabile, ma non potevi farci assolutamente nulla. E dentro di te lo sai benissimo! Quel tizio ha invaso la nostra corsia! Nessuno avrebbe potuto salvarci. Nessuno," affermò con decisione, gli occhi lucidi per le lacrime.

"Holly, non volevo..."

"Non me la sono mai presa con te per la morte di Jake. Era anche tuo amico, l'abbiamo perso tutti. Ma non sopporto che continui a tormentarti dopo tutto questo tempo. Capisco che non è facile dimenticare, ma smettila di torturarti. Smettila."

Il mio cervello sapeva che era vero, ma il mio cuore non aveva mai voluto sentirne ragioni. Fino a quel momento. Le sue parole riuscirono ad allentare quella morsa ferrea che l'aveva stretto per anni. La sua frustrazione e il suo dolore avevano fatto breccia nel mio rimorso come mai nulla prima di allora.

Feci un respiro profondo e bevvi del caffè per mandare giù il groppo alla gola. "Ci sto provando, davvero. È soprattutto per questo che sono tornata a casa. Fuggire dalla realtà non ha funzionato, quindi ho cambiato rotta."

Il suo sguardo feroce si addolcì alle mie parole. "Menomale. Mi sei mancata da impazzire."

Calò il silenzio. Sorseggiai il mio caffè, mentre il vortice di emozioni che sentivo nel petto stava iniziando a placarsi. Holly bevve un sorso e incrociò il mio sguardo, con un sorriso gentile. "D'accordo. Torniamo a Caleb, dai. Sono proprio contenta che tu abbia deciso di dargli un'altra chance. Ho sempre pensato foste anime gemelle." Sbarrai gli occhi e al che annuì con decisione. "Sembrerà una cavolata, ma è così. Tra me e Jake era diverso, i sentimenti non erano così forti. Ripensando a quegli anni, direi che eravate l'unica coppia che sembrava davvero... seria, capisci?"

Il mio cuore prese a martellarmi nel petto. Dentro di me speravo fosse davvero così. Spinta dalla curiosità, le chiesi, "Senti, tu per caso sai se in questi anni ha frequentato ufficialmente altre donne?"

Holly ci pensò su, tamburellando le dita sul tavolo. "Beh, allora, anche lui è stato via qualche anno. Prima all'università, poi è stato a Fairbanks per l'addestramento a hotshot. Quindi ovviamente non so personalmente cos'abbia fatto, ma non ho sentito alcun pettegolezzo a riguardo. Nulla di serio, ma non è mai stato neanche uno di quei playboy che si girano mezzo mondo. Giusto qualche frequentazione qua e là, dai. È sexy da paura e non sai in quante gli vanno dietro, ma tutto qui."

Un leggero fremito di soddisfazione mi pervase. Certo, non era mica di mia proprietà, ma aveva sempre occupato un posto speciale nel mio cuore. Non sapendo nulla sul suo conto per anni, pensavo che qualche donna fortunata fosse riuscita ad accaparrarselo. Ma mi sbagliavo.

Nonostante l'entusiasmo di Holly e il mio sollievo, quell'argomento mi turbava alquanto. Non avevo la minima idea di cosa fare. Ero tornata a casa per ritrovare finalmente un certo senso di pace. Avrei voluto parlargli seriamente e procedere con calma. Piani ovviamente andati in fumo in neanche una settimana.

Mi ero fiondata a Willow Brook per finire direttamente tra le braccia di Caleb, che mi aveva regalato il miglior sesso della mia vita.

Stavamo decisamente correndo troppo. Guardai Holly, con un sospiro. "Dovrei togliere il piede dall'acceleratore, sai."

"E perché mai?"

"Perché sono passati dieci anni, Holly. Sono appena tornata e la mia vita è un bel casino, per non parlare di quello stronzo ossessionato da me. Non c'è fretta."

"Invece a me sembra il momento perfetto per abbandonarti a ore di sesso selvaggio," replicò, senza filtri.

Sentii di nuovo collo e viso in fiamme. Bevendo un altro sorso, le lanciai un'occhiataccia.

Holly alzò gli occhi al cielo, stringendosi nelle spalle. "Oh, vedi di darti un tono. Non devi mica portare la pace nel mondo. Non devi scegliere il tuo futuro in questo preciso istante. Per una volta, cerca di rilassarti un po', senza tormentarti."

In quel momento si aprì la porta e mi voltai a controllare, proprio come Cade e sua moglie Amelia entrarono nel locale. Durante quella settimana erano passati di tanto in tanto a casa dei nostri genitori, in visita. Salutai mio fratello, che quando mi notò mi fece l'occhiolino, salutandomi con un cenno del capo. Amelia ci disse, invece, "Arriviamo subito!"

Avendo soltanto tre sedie al tavolo, Holly ne prese subito un'altra. Qualche minuto dopo, Cade scivolò accanto a me e Amelia accanto a lei. Mia cognata mi rivolse un sorriso raggiante. "Non sai *quanto* sono felice di averti qui, Ella."

Cade e Amelia si erano rimessi insieme dopo una brutta separazione che li aveva allontanati per sette anni. Vederli così felici mi colmava il cuore di gioia.

Prima di rincontrarla, Cade era stato più burbero che mai. Ma alla fine era riuscita a tirare di nuovo fuori il suo lato più affettuoso.

Guardai mio fratello, dandogli una gomitata. "Ma ciao."

Si voltò, passandosi una mano tra i riccioli castani, e un sorriso gli arricciò gli angoli degli occhi verdi. "Ehilà, Ella."

Per un istante mi domandai se mio padre gli avesse raccontato di Lance. Era dal giorno prima che non vedevo mia madre, ma sapevo gliel'avesse detto perché mi aveva scritto. Riportai la mente al presente e guardai di nuovo Cade. "Non dovresti essere al lavoro?"

Si strinse nelle spalle. 'Oggi è tutto tranquillo. E poi la mia squadra non è di turno."

Amelia e Holly nel frattempo parlavano di lavoro e poco dopo arrivò Janet. Era proprio bello essere di nuovo a casa. Tutta quella tensione, quell'angoscia che mi attanagliavano il petto riuscivano a svanire quando ero circondata dai miei cari.

———

Qualche giorno dopo, passai alla caserma per vedere Cade. Mi aveva praticamente obbligato a usare uno dei suoi pick-up, quindi doveva darmi le chiavi. Alla fine avevo accettato l'offerta, non volendo continuare a usare l'auto di mia madre.

Varcai la soglia, sperando magari di vedere Caleb. Ufficialmente stavo ancora dai miei, ma in realtà mi ero praticamente accampata a casa sua. Lui insisteva perché restassi lì, ma ancora non me la sentivo.

Con un veicolo tutto mio avrei potuto vederlo tutte le volte che volevo, senza dover più spiegare nulla a mia madre. Sicuro le avrebbe fatto tanto piacere sapere che avevamo ricominciato a frequentarci, ma preferivo avere la mia privacy.

Finalmente ero serena. Erano anni che non mi sentivo così bene. Non avere più il mio telefono aveva migliorato la mia vita. Caleb si rifiutava di informarmi riguardo a Lance. Dopo averlo raccontato a tutti, quel senso di vergogna che mi opprimeva aveva iniziato a svanire. Sapevo fosse un sentimento irrazionale, ma aveva guidato per troppo tempo la mia vita, impedendomi di cercare aiuto prima. Ero quasi convinta che fosse tutta colpa mia, che Lance l'avessi provocato io.

La sera prima, Cade e Amelia erano venuti a casa per cena, quindi lui ne aveva discusso con nostro padre. Gli uomini della mia vita stavano riaccendendo in me la speranza che saremmo riusciti a fermare Lance, così che potessi trovare un po' di pace.

Mi chiusi la porta della caserma alle spalle e sollevai lo sguardo. Al bancone c'era una ragazza che ancora non conoscevo personalmente, ma la sua fama la precedeva. La leggendaria Maisie Steele, colei che era riuscita a conquistare il cuore di Beck Steele. Era la nipote di Carol Rogers, la vecchia centralinista. Aveva ereditato non solo la sua casa, ma anche il suo lavoro. Da giovane, Beck era stato un vero sciupafemmine, ma alla fine si era innamorato follemente di lei. Si erano sposati e stavano aspettando già il secondo bambino.

"Tu devi essere Maisie," esordii, avvicinandomi al bancone. Era una ragazza davvero adorabile, con ricci selvaggi, grandi occhi marroni sotto ciglia tanto folte che le vedevo arricciarsi sulle guance perfino da lontano. Sollevò lo sguardo, confusa, quindi mi presentai. "Sono Ella Masters, la sorella di Cade."

Un sorriso enorme le sfiorò le labbra. "Oh, wow! Sono tutti così felici del tuo ritorno da aver contagiato pure me, anche se non ci conosciamo! Ma in realtà è come se ti conoscessi già." disse, uscendo da dietro il bancone per abbracciarmi lasciandomi di stucco.

Quando mi lasciò andare e vide la mia espressione, si strinse timidamente nelle spalle. "Amelia e Lucy sono mie grande amiche, quindi anche tuo fratello."

"Ma certo," risposi. "È un piacere poterti finalmente conoscere. Sappi che sei diventata una leggenda, da queste parti."

Inclinò la testa di lato, lo sguardo confuso. "In che senso?"

"Beh, sai, nessuno pensava che Beck Steele si sarebbe mai innamorato. Ma gira voce che abbia perso subito la testa per te."

Maisie diventò tutta rossa. Manco a farlo apposta, in quel momento Beck entrò nella stanza. Ero più giovane di lui di qualche anno, ma ci conoscevamo bene. In fondo lui e mio fratello erano sempre stati molto amici.

"Ehi, Ella!" Si avvicinò ad abbracciarmi.

Poi feci un passo indietro e lo guardai, con un sorriso. "Ciao, Beck. Quanto tempo."

Ma era troppo distratto a baciare il collo di Maisie per sentirmi. Tutto quell'amore nel suo sguardo mi scosse profondamente il cuore. Beck era sempre stato un bravo ragazzo, ma pure un inguaribile playboy. Vederlo così felice era commovente.

"Ho sentito che sei diventato padre," commentai, quando posò un gomito sul bancone dell'accoglienza.

Sfoderò un sorriso raggiante e si passò una mano tra i riccioli neri. I suoi occhi verdi incrociarono i miei, colmi di gioia. "Allora hai sentito bene. Max è il bimbo migliore dell'universo. Essere padre è fantastico e, onestamente, sono proprio bravo," rispose, rivolgendo un sorrisetto furbo a Maisie.

Le sfuggì una risata. "Certo, ma lo vizi un po' troppo."

Beck si strinse nelle spalle. "Hai ragione. Beh, Ella, ho sentito che resterai a Willow Brook. È vero?"

"Mi piacerebbe, sì," risposi, annuendo.

Si aprì di nuovo la porta che dava sul retro e quella volta entrò Cade. Non appena mi vide, mi lanciò le chiavi dell'auto. Le presi al volo e inarcai un sopracciglio. "Sei proprio sicuro?"

Cade si poggiò accanto a Beck, mentre Maisie tornava alla sua postazione per rispondere al telefono.

"Ma dobbiamo davvero discuterne di nuovo?" mi chiese Cade.

Mi morsi l'interno della guancia, con un'alzata di spalle. "No, hai ragione. Ma non vorrei fosse troppo, sai."

"Ma figurati, ormai quel pick-up è vecchio e non lo uso più. Ho cambiato l'olio e sistemato qualche problemino, ma non è comunque niente di speciale. Ce l'ho dalle superiori, accidenti. Non posso riportarlo a casa, mi dispiace. Amelia non ne può più di vederlo fermo nel vialetto."

"Ok, ok, va bene," dissi, infilandomi le chiavi in tasca.

In quel momento squillò il telefono di Beck, quindi mi salutò e tornò sul retro a rispondere.

"Novità?" domandò Cade.

"No, niente di che. Devo mettermi a cercare un appartamento, ma non ho fretta."

Cade socchiuse gli occhi e capii subito dove voleva andare a parare. Sollevai una mano per fermarlo, scuotendo la testa. "Non preoccuparti. So che devo stare da mamma e papà finché non risolviamo la storia con Lance. Ma sto bene, davvero. Ormai va avanti da un anno e mezzo. E poi ce ne vorrà prima che trovi qualcosa di disponibile. Siamo a Willow Brook e sta arrivando l'inverno. Sai che voglio bene a mamma e papà, ma lui è nervosissimo e lei mi sta sempre col fiato sul collo. Non è bello, sai."

Cade si passò una mano tra i capelli, sospirando. "Sono solo preoccupati per te, Ella. Ti capisco, ma..."

Scossi la testa. "No che non mi capisci. Sei il fratello maggiore, con te non sono mai stati così apprensivi. E dopo l'incidente la situazione è precipitata."

Cade si spinse via dal bancone e si avvicinò. "D'accordo, dai, non ha senso stare qui a discutere. È bello riaverti qui con noi, Ella. Però adesso devo andare. Ho promesso ad Amelia che sarei tornato a casa presto. Ah, a proposito. Vuole invitarti a cena. Tu quando sei disponibile?"

"Beh, diciamo che sono molto flessibile," dissi con una risata. Il nuovo lavoro si stava rivelando perfetto per le mie esigenze. Essendo mattiniera, mi piaceva svegliarmi all'alba. Riuscivo quasi sempre a completare il lavoro della giornata entro il primo pomeriggio.

Cade annuì e fece un passo indietro. "Allora ne parlo con Amelia e poi ti faccio sapere. Usi ancora il numero di Caleb, giusto?"

Annuii e mi salutò, per poi andarsene. Maisie stava ancora parlando al telefono e mi sentii improvvisamente spaesata, delusa. Avevo cercato di non pensarci troppo, ma in realtà speravo davvero di incrociare Caleb.

Parlando del diavolo... Caleb entrò nella stanza proprio in quel momento. Aveva lo sguardo fisso sul telefono, quindi non mi notò subito. Socchiuse gli occhi e un senso di disagio mi strinse lo stomaco.

Sollevò lo sguardo e mi vide, quindi si infilò subito il telefono in tasca e mi sorrise.

"Mi devo preoccupare?" gli chiesi, quando si fermò davanti a me.

Scosse subito la testa. "No, tranquilla."

"Ne sei proprio sicuro? Perché a me..."

Questa volta scosse la testa con più vigore. "Non ha senso darmi il tuo telefono se puoi vuoi sapere che messaggi ti arrivano, o sbaglio?"

Un senso di calore mi avvolse il cuore. Una parte di me non amava molto tutta quella gioia che mi faceva provare il suo istinto protettivo, ma per una volta volevo godermelo a pieno.

Porca miseria, quanto era bello. Aveva i capelli bagnati, probabilmente perché si era appena fatto la doccia a fine giornata. I suoi occhi color caffè mi scrutarono dalla testa ai piedi, lasciando scie di fuoco al loro passaggio.

Avevo provato più volte a convincere me stessa che in realtà non lo desiderassi così ardentemente, ma era tutto inutile. Da quella notte passata insieme di tre giorni prima, era diventato il mio pensiero fisso. Ci sentivamo spesso al telefono, ma due incendi l'avevano tenuto occupato per giorni, tanto che una sera non era neanche tornato a casa a dormire.

Dovevo pure ritrovare un certo equilibrio nella mia vita e capire come muovermi. Ormai ero abbastanza grande per fare quello che volevo, ma lasciare i miei genitori ogni sera per andare da Caleb mi faceva vergognare come una ragazzina. Proprio per quel motivo volevo assolutamente trasferirmi da un'altra parte, altrimenti le pressioni di mia madre mi avrebbero fatta impazzire.

Rimasi ferma immobile a guardarlo e mi disse esattamente ciò che volevo sentire. "Mi manchi. Vieni a dormire da me."

Quel suo senso di sicurezza era inebriante, così

come quel desiderio così puro e sincero che lo legava a me. Mi ritrovai ad annuire come a comando, strappandogli un sorriso che mi fece venire le farfalle allo stomaco.

Avevo dimenticato quella sensazione. In quei lunghi dieci anni, i momenti di gioia erano stati rari. Sopravvivere a quell'incidente mi aveva comunque uccisa dentro. E provare a mettere da parte il dolore non aveva fatto altro che protrarlo nel tempo. Quel briciolo di stabilità che avevo finalmente trovato mi era stato portato via in un baleno. Dall'inizio dell'incubo di Lance, non ero più riuscita a frequentare nessun altro, più per mancanza di interesse che altro. Ma in fondo non sentivo di meritarmelo.

Eppure, in quel preciso istante con Caleb, un senso di gioia immenso mi scoppiò dentro, intrecciato a un desiderio spensierato, sfrenato.

"Ho una macchina," gli dissi, sfilandomi le chiavi di tasca per mostrargliele.

Quando inarcò perplesso un sopracciglio, mi spiegai meglio. "Cade mi ha lasciato il suo vecchio pick-up. Così almeno non devo più disturbare mia madre."

Caleb annuì e fissò lo sguardo sulla mia fronte. Sollevò la mano e tracciò la linea della ferita con le dita. "Come va?"

"Bene, tranquillo. Lo sai che non era nulla di grave."

Decisi di non dar voce a quel guazzabuglio di emozioni che mi sconvolgevano il cuore. Caleb mi faceva sentire così protetta, così amata. Ogni piccolo gesto mi scaldava deliziosamente il petto. Perché, perché mi ero privata di quelle sensazioni per così tanto tempo?

Mi sfiorò la pelle del collo spostandomi una ciocca

di capelli dietro l'orecchio. Un brivido mi pervase, il momento così tanto intimo.

Presa dal momento, mi ero completamente dimenticata di Maisie. Si schiarì rumorosamente la gola per ricordarci della sua presenza e mi sentii arrossire violentemente.

Maisie ci rivolse un sorriso raggiante. "Allora che mangiate per cena?" domandò. Caleb scosse la testa, incredulo, e le strappò una risata. "Ehi, siete voi che vi siete dimenticati di me! Io ero qui già da prima. Ma non mi dispiace mica. Comunque..." lasciò la frase in sospeso e, prima di continuare, mi guardò, "Caleb non è bravo a cucinare. O almeno i ragazzi dicono così. In missione non gli fanno mai preparare nulla."

Le sue parole riuscirono a spezzare la tensione. Mi feci una risata e risposi, "Oh, lo so. Infatti cucino io. Dai, prima andiamo a fare la spesa."

Capitolo Quindici

CALEB

Poggiai i gomiti sul bancone, fermandomi ad ammirare Ella mentre finiva di riempire la lavastoviglie. Ovviamente aveva rifiutato il mio aiuto. Bevvi un sorso di birra, godendomi il panorama del suo fondoschiena, che dopo tutti quegli anni era diventato ancora più pieno e rigoglioso di quanto ricordassi.

E menomale che quei ricordi non erano poi stati tanto nitidi, altrimenti il dolore per la sua mancanza sarebbe stato ancora più profondo.

Come raddrizzò la schiena e si voltò verso di me, i capelli raccolti sulla testa si sciolsero, ricadendole con un movimento sinuoso lungo la schiena. Aveva le guance arrossate, le labbra rosa e morbide, gli occhi verdi che brillavano. Da vero gentiluomo, avevo deciso di trattenermi dal fotterla all'istante fino allo stremo. Ma controllarsi stava diventando più difficile con ogni minuto che passava.

L'erezione perenne era lì da quando l'avevo vista in caserma. La sua mera esistenza e il fatto che fosse *finalmente* tornata da me avevano risvegliato tutti quei vecchi sentimenti. Un tempo Ella era stata tutto il mio mondo. Soltanto lei mi faceva sentire così. L'attrazione che ci legava era così pura, una vera forza della natura. Lei la mia calamita. Per non parlare di quell'istinto di protezione così forte che suscitava in me.

Quel giorno, durante un'emergenza, Ella aveva ricevuto un'altra sfilza di messaggi da Lance, che per me non era altro che un contatto sul suo telefono. Grazie al cielo lasciavo sempre il cellulare in caserma, quando ero in servizio. Era scoppiato un incendio nella cucina di un capanno di caccia. Niente di grave, sinceramente, ma quei messaggi mi avrebbero distratto troppo comunque.

Li avevo visti soltanto dopo essermi fatto la doccia. Ero furioso, avrei voluto spaccargli la faccia lì sul momento, ma purtroppo era dall'altra parte del Paese. Mi limitai dunque a inoltrarli a Rex, chiedendogli di chiamarmi appena si fosse liberato. Speravo con tutto me stesso che avesse qualche novità a riguardo.

La consapevolezza che a lei era toccato leggerli per tutto quel tempo amplificava l'intensità delle mie sensazioni. Dunque, vederla con le guance arrossate e i capelli spettinati sulle spalle mi stava facendo letteralmente impazzire. Quell'ultimo briciolo di autocontrollo stava per scoppiare.

Ormai avevo abbandonato l'idea di fare le cose con calma, sarebbe stato inutile. Poggiai la birra sul tavolo e arrivai al suo fianco. La presi per mano e la attirai a me con forza. Lanciò un gridolino sorpreso quando il suo corpo finì contro il mio. Non mi importava che sentisse la mia eccitazione. Non mi importava proprio nulla. Volevo soltanto averla tutta per me.

Portò il suo sguardo intenso sul mio e con la lingua si inumidì le labbra. Stavo per dire qualcosa, ma quel gesto mi mandò in tilt il cervello.

La lasciai andare e le spostai dei capelli dagli occhi,

premendo subito la bocca sulla sua. Sussultò e accolse volentieri la mia lingua. Mi abbandonai completamente al bacio, divorandole la bocca. Le nostre lingue presero a danzare insieme e ogni tanto mi fermavo a morderle il labbro carnoso. Senza alcun pudore, strofinavo l'erezione prorompente tra le sue cosce. Le lasciai andare i capelli per palparle il sedere, spingendo il suo bacino verso il mio. Anche Ella si lasciò completamente andare, assalita dal desiderio.

Tutti i ricordi del nostro passato mi tornarono alla mente più vividi e nitidi che mai. Alle superiori mi ero preso una cotta per lei perché amavo quel suo contrasto, quanto potesse essere seria e pacata, una studentessa modello che viveva esclusivamente per lo studio. Ricordavo benissimo il nostro primo bacio. Proprio come in quel momento del presente c'era stato un breve istante di esitazione, cancellato praticamente subito da quel fuoco che già ai tempi ardeva furioso tra di noi.

Mi strinse forte i glutei, le lingue che ormai combattevano in un duello all'ultimo sangue. Avevo bisogno di lei, subito. Guidato dal desiderio più animalesco, iniziai a sbottonarle la camicetta. Ma mi rimproverò al primo bottone.

"Ehi, con calma," mormorò.

Lasciai scivolare la lingua lungo la curva del collo, gustandomi il suo sapore allo stesso tempo acre e dolce. Poi, con riluttanza, sollevai la testa. "Facile, per te," borbottai, distogliendo lo sguardo per riportarlo subito su di lei.

La maglietta che mi aveva sfilato prima era rimasta bloccata sul manico di un coltello in lavastoviglie. Quando lo notò, Ella si fece una risata, le guance tinte di rosso brillante. Un sorriso malizioso le incurvò le labbra.

Le sbottonai i jeans e glieli feci scivolare lungo le gambe. Con un'altra risata li calciò via, mentre nel frattempo stava sfilando i miei.

La presi in braccio e la lasciai sul bancone, fermandomi ad ammirarla. Aveva le labbra gonfie per i baci, lo sguardo colmo di quel desiderio irrefrenabile e selvaggio che c'era anche nel mio. I capelli tutti spettinati le ricadevano lungo le spalle, coprendo in parte il seno.

Con la lingua presi a stuzzicarlo da sopra la seta nera, mordicchiando il capezzolo. Dedicai le stesse attenzioni anche all'altro, mentre le sue grida di piacere riempivano l'aria. Portai le dita al gancetto del reggiseno e lo slacciai, poi presi il seno pieno e pesante tra le mani, incrociando lo sguardo intenso di Ella.

"Così non è giusto," mormorò, poggiandomi una mano sul pacco. Al contatto, mi scappò un gemito gutturale.

Avrei tanto voluto avere più di due mani. Non volevo smettere di stuzzicarle i capezzoli turgidi con le dita, ma allo stesso tempo la tentazione di toccare il suo punto più intimo era troppo forte. Spostai con riluttanza una mano, facendola scivolare lungo la morbida curva del ventre e poi giù fino alla seta tra le cosce. Era bagnata fradicia.

"Cazzo, Ella. Mi stai facendo impazzire. Sei bagnatissima."

Non lo pensavo fisicamente possibile, ma l'erezione crebbe ancora di più. Sentirla così eccitata per me era davvero troppo.

Mi andò di nuovo in tilt il cervello. Un solo pensiero fisso mi pulsava nella testa: la volevo nuda davanti a me. Infilai il pollice sotto l'orlo delle mutandine in pizzo mentre con l'altra mano le sollevavo il bacino, poi gliele sfilai lungo le gambe. Le lanciò subito via e caddero sul pavimento. Nel frattempo mi abbassò i boxer, liberando l'erezione pulsante. La prese in mano e mi sfuggì un altro gemito gutturale.

Il desiderio di penetrarla era molto forte, ma quello di gustarla era ancora più pressante. La trascinai verso il bordo del bancone e presi a leccarle un capezzolo, per poi tracciare una scia di baci delicati sul ventre mentre affondavo due dita nella sua femminilità calda e morbida.

Mi passò le dita tra i capelli, stringendo con forza quando passai la lingua sul suo sesso. Il suo sapore mi stava facendo impazzire, leggermente salato con un accenno di dolcezza. Senza smettere di fotterla con le dita iniziai a esplorare ogni centimetro delle labbra, stuzzicando il clitoride fino a farle gridare ancora e ancora il mio nome. Sentivo che stava per raggiungere l'apice, quindi affondai le dita dentro di lei e presi il bocciolo turgido tra i denti. Si strinse attorno a me e lanciò un urlo, esplodendo sulla mia mano. Quando smise di muovere il bacino, mi sollevai e la ammirai di nuovo. Aveva gli occhi velati di passione, mentre il petto si sollevava rapidamente per riprendere fiato. Aveva le labbra dischiuse e respirava a fatica.

Le spostai i capelli dal viso, facendo scivolare il pollice sulle labbra carnose. Tirò fuori la lingua e lo prese tra i denti, iniziando a succhiarlo.

Merda. Ero completamente suo: corpo, cuore, anima. Quel gesto mi fece quasi scoppiare il cazzo, talmente duro da far male. *Dovevo* penetrarla. Abbassai completamente i boxer, senza neanche curarmi di sfilarmi i jeans. La guardai e presi l'erezione tra le dita, notando solo in quel momento che mancava qualcosa.

"Cazzo, il preservativo," mormorai, allontanandomi. Sarei dovuto salire al piano di sopra per prenderne uno.

Ella mi cinse la vita con le gambe, attirandomi di nuovo a sé. "Prendo la pillola," bisbigliò. "Io non ho nulla, sicuro neanche tu. Mi fido."

La fissai a lungo e ripensai a quando stavamo insieme. Non avevamo mai fatto sesso senza preservativo. Mio padre mi aveva giustamente terrorizzato a dovere. Ma ormai eravamo due adulti e non avrei mai dubitato di lei.

Ma la decisione spettava a lei. "Sei sicura?"

Annuì con decisione, quindi feci un respiro profondo e mi riposizionai davanti a lei. Afferrandola per i fianchi, la portai di nuovo sul bordo del bancone. Poi, con un colpo secco, affondai nel suo nido caldo.

Lanciò un urlo e iniziò subito a muoversi contro di me. Volevo fare con calma, gustarmi ogni secondo. Ma l'intensità era troppa, il desiderio travolgente. Mi era mancata così tanto che non volevo fare altro che perdermi di nuovo dentro di lei. Mi spinsi ancora e ancora in profondità, mormorando di continuo il suo nome mentre un'ondata di calore mi prendeva la spina dorsale. La sentivo pulsare attorno a me. Presi a massaggiarle il clitoride con il pollice e aprii gli occhi per osservarla. Gridò ancora e inarcò la schiena, irrigidendosi per l'orgasmo violento.

Con i muscoli del suo sesso stretti attorno al mio, mi lasciai completamente andare, esplodendo dentro di lei con un ultimo affondo.

Capitolo Sedici

ELLA

Caleb pronunciò il mio nome, lasciandosi cadere la testa nella curva della mia spalla. Lo sentivo tremare contro di me, scossa ancora da brividi di puro godimento. Avevo la pelle madida di sudore e facevo fatica a respirare, dopo un orgasmo così intenso da mozzarmi il fiato.

Mi carezzò i fianchi, lasciando le mani sulla vita. Le mattonelle fredde del ripiano cozzavano con il calore del mio corpo. Con lui ancora dentro di me, mi sentivo in paradiso. Tra le sue forti braccia, serena e al sicuro.

Quando sollevò la testa, aprii gli occhi e trovai i suoi. Il mio cuore fece una capriola. Era un momento così intimo. Era fin troppo facile perdermi in lui, nel fuoco del desiderio, nella beatitudine di ogni istante.

Occhi negli occhi, anche in quel momento era come se il tempo avesse perso forma. Il passato si mescolava al presente, il presente al futuro. Volevo lasciare tutte le preoccupazioni per un'altra volta, ignorare le domande che iniziavano a frullarmi nella testa. Mi sentivo così in estasi soltanto perché era da un anno e mezzo che mi ero privata di qualunque piacere della vita o c'era qualcos'altro?

Con il pollice cominciò ad accarezzare le mie vecchie ferite, passando poi alla pelle liscia e morbida. Era una sensazione così strana che non avevo provato spesso. Amavo il modo in cui non sembrava minimamente turbato dal mio corpo. Le cicatrici le ignorava in quanto tali, vedendole semplicemente come una parte normalissima di me.

Un tonfo alle mie spalle attirò la nostra attenzione. "Abbiamo compagnia," osservò Caleb, un sorriso sulle labbra.

Cremino era balzato sul bancone, tenendosi comunque a distanza, e agitava la coda da una parte all'altra. Da bambina avevo avuto un gatto, ma avevo dimenticato quanto potessero essere curiosi. Gli occhi ambrati di Cremino parevano scrutarci l'anima. Un momento dopo voltò la testa e balzò giù, tornando alla finestra.

Mi morsi il labbro e guardai Caleb. "Dovremmo..."

Ma prima che potessi finire la frase, Caleb mi prese tra le braccia e mi portò al piano di sopra. Era piuttosto tardi e gli ultimi raggi del sole avevano lasciato scie dai colori caldi nel cielo.

La vista dalla sua camera da letto era spettacolare. La catena montuosa sullo sfondo risaltava nel cielo serale, mentre il buio avanzava. Raggiunse i piedi del letto e mi lasciò giù, spezzando solo allora l'intimo legame. Provai subito un vuoto che avrei voluto colmare il prima possibile. Onestamente, ero disposta a vendere l'anima per sentirmi sempre come in quel momento, così legata a lui nella nostra bolla di intimità e serenità.

Il letto sfarzoso aveva un'alta pila di cuscini,

lenzuola fresche e una trapunta. L'aria mi sferzò il viso quando la sollevò per farcela ricadere addosso. Poi mi strinse a sé, placando all'istante la pelle d'oca che mi si era formata sul corpo.

"Non mi hai manco chiesto se volessi restare da te," lo provocai.

Abbassò lo sguardo per trovare il mio, con un luccichio negli occhi. "Perché, dovevo davvero chiedertelo?"

Scossi la testa contro la sua spalla, tracciando dei cerchi sul suo petto. "No."

"Molto bene," mormorò, posando baci delicati sotto la nuova ferita sulla fronte.

In men che non si dica, mi addormentai al suo fianco. Rischiavo di farci troppo l'abitudine. Poter dormire con lui era magico. Pensavo che le coccole e l'affetto non facessero per me, ma mi sbagliavo di grosso. Con quei pochi uomini che avevo frequentato negli anni tra la fine delle superiori e l'inizio dell'inferno di Lance non avevo mai condiviso notti simili; restare da loro era sempre stato più per comodità che per altro.

Ma Caleb riusciva a tirare fuori quel lato più affettuoso di me. Durante la nostra relazione non avevamo mai passato la notte insieme perché, beh, eravamo alle superiori. Lui aveva provato a convincermi più volte, ma sarebbe stato impossibile agire alle spalle di mio padre, ovvero il capo della polizia. Oh, non che quello ci avesse impedito di fare sesso, anzi. Era stato proprio lui a prendersi la mia verginità. Senza mai una notte passata insieme non potevo certo immaginarmi che mi avrebbe tenuta così stretta a sé, lasciando che mi spaparanzassi sopra di lui, o che a cucchiaio mi avrebbe avvolta tra le sue forti braccia.

Ed è proprio così che mi svegliai il mattino dopo, con il sole che filtrava sopra di noi e il corpo caldo e solido di Caleb alle mie spalle. La mano posata sul mio ventre, il petto che si muoveva a ritmo regolare contro la mia schiena.

Scivolai leggermente indietro per premermi ancora di più a lui e rimasi piacevolmente colpita di sentire la sua erezione contro il sedere. L'eccitazione mi bagnò subito le cosce e il mio corpo iniziò a muoversi da solo. Mi strofinai disperata contro di lui, spinta da un desiderio irrefrenabile. Come cambiò il suo respiro, realizzai che si era svegliato pure lui. Mormorò qualcosa e poi si spinse contro di me, facendomi venire i brividi.

Fece scivolare la mano verso il seno, il capezzolo subito sull'attenti. "Mmh, Ella," mormorò tra i miei capelli, per poi stamparmi un bacio sulla spalla. Quanto mi piaceva sentire il suo calore sulla pelle. Ero sempre stata una ragazza molto freddolosa.

Amavo l'inverno e amavo la mia Alaska, ma non il freddo e il gelo. Andavo sempre a letto con le calze per tenermi al caldo, ma con Caleb non ce n'era bisogno. Era la mia stufa personale.

Mi spinsi ancora verso di lui, senza riuscire a resistere alla chiamata del suo membro duro e caldo. Sapevo benissimo cosa volevo e *dove* lo volevo. Voltai la testa e gli passai una mano sulla mascella cesellata. Senza perdere neanche un attimo, catturò le mie labbra con un bacio.

Respirò a fondo e fece scivolare la mano tra i riccioli morbidi dell'inguine, passando le dita sulla mia femminilità pronta.

"Cazzo, Ella. Sei già bagnatissima."

Continuai a muovermi sulla sua mano, mentre mi stuzzicava con le dita. Ma non mi fece attendere molto. Si portò la mia gamba sul polpaccio e affondò dentro di me fino in fondo.

Rimase fermo per un istante e mi spostò i capelli dal collo. Con la lingua tracciò una scia ardente sulla pelle, con il pollice mi tracciava le labbra. Mi voltai e ci baciammo ancora con passione, muovendoci finalmente a ritmo lento e sensuale. Essendo ancora assonnata pareva quasi un sogno, un sogno in cui eravamo avvolti da una scintillante rete di intimità. Esistevamo soltanto noi due. La pressione continuava a crescere e sentivo di essere già quasi al limite. Mormorai il suo nome e tornò con una mano tra le mie cosce, iniziando a massaggiarmi il clitoride.

L'orgasmo mi travolse violento, frantumandomi in mille pezzi al rallentatore, mentre un piacere immenso mi assaliva. Un istante dopo si irrigidì e iniziò a tremare, esplodendo dentro di me. Restammo fermi così, ansimando per respirare.

Quando il mio cervello si riattivò, una forte incredulità mi assalì. Ero davvero lì con Caleb, dopo tutti quegli anni.

Era dall'incidente che non mi ero più sentita così. Eppure, era comunque tutto molto più intenso. Come se finalmente fossi riuscita a lasciarmi tutto quel dolore alle spalle. Come se avessimo appena camminato sui carboni ardenti per raggiungere finalmente quel tanto meritato traguardo. Il fuoco che mi aveva consumata dentro aveva preso un'altra forma.

———

Dopo una doccia, andammo in cucina per fare colazione. La sera prima avevo comprato tutti gli ingredienti per dei pancake. Nell'aria si respirava un senso di familiarità, di intimità. Mi sentivo spaesata, essendo successo tutto così all'improvviso. Ma mi sentivo al settimo cielo.

Quella nostra pace venne interrotta dalla vibrazione di un telefono. Continuò ancora e ancora e ancora. Mi si strinse lo stomaco per l'angoscia.

Capitolo Diciassette

CALEB

Il telefono vibrò sul tavolo vicino alla porta, lì dove l'avevo lasciato la sera prima. Vibrò ancora e ancora e ancora. Lo sguardo di Ella si incupì e un lampo di paura lo attraversò. Come la vidi irrigidirsi, una furia cieca mi assalì. Non contro di lei, ovviamente. Ma contro quello stronzo che continuava a giocare con la sua sanità mentale.

Mi alzai e mi avviai di fretta alla porta per prendere il telefono. Senza neanche controllare i messaggi, lo spensi. Non avrei mai permesso a quel pezzo di merda di rovinarci la mattinata da chilometri di distanza.

Ella arrivò alle mie spalle e fece per prendere il cellulare. "Cosa dice?"

"Non ha importanza, Ella. È sempre la solita storia. Lascia perdere, per favore. E oggi parla con tuo padre. Sta già tastando il terreno per capire come muoversi."

Strinse le labbra e mi guardò. Le si tinse il viso di rosso, ma non in modo positivo.

Si voltò e andò alla finestra, incrociando con rabbia le braccia sul petto. "So che vuoi solo aiutarmi. Ma non mi piace questa situazione. Non mi piace che tu e mio padre abbiate deciso di prendere le redini della situazione.”

Mi trattenni dall’imprecare.

Arrivai al suo fianco e mi fermai ad ammirare il panorama. Una nebbiolina si alzava dal prato davanti a casa, mentre tutto era coperto da una spolverata di brina. I primi raggi di sole stavano facendo evaporare il ghiaccio, creando un’atmosfera suggestiva.

“Non è così, Ella. Vogliamo soltanto toglierti questo peso dalle spalle.”

Mi guardò con occhi carichi di frustrazione. Proprio non capivo perché il nostro volerla proteggere da quel tizio le desse così tanto fastidio.

“Non è che non voglia il vostro aiuto, però dovete anche capire che non sono una fanciulla indifesa. Non...” Si fermò e sospirò, scuotendo la testa. “Non so proprio come spiegarlo. Diciamo che voglio aiuto e allo stesso tempo non lo voglio. Tutto qui.”

Una fitta mi strinse il cuore. In realtà capii benissimo le sue parole. Eppure, il desiderio di proteggerla era troppo forte. Senza sapere cos’altro dire, annuii. La strinsi forte a me, sentendo quanto era tesa. Poco dopo si rilassò, ma non ne parlammo più.

———

Più tardi, mi accomodai davanti alla scrivania di Rex. Nelle ultime ventiquattr’ore i messaggi di Lance erano aumentati rispetto al solito. Ovviamente, li avevo inoltrati tutti a lui. Il tema era sempre lo stesso, il tono minaccioso. Diceva che non l’avrebbe mai lasciata in pace, che l’avrebbe trovata, che non sarebbe riuscita a fuggirgli e altre cose terribili.

Guardai Rex e sospirai. "Ti prego, dimmi che puoi fare qualcosa per fermare questo pezzo di merda."

Anche lui sospirò, passandosi una mano tra i capelli brizzolati. "Con questi stronzi finisce sempre così. Finché ce l'aveva vicina traeva soddisfazione nel vederla turbata e sconvolta dalle sue vessazioni. Ma adesso che è lontana deve compensare, quindi ha alzato il tiro."

"Già, ma secondo te si presenterà qui per davvero? Sarò anche pazzo, ma sinceramente preferirei lo facesse. Ho una voglia matta di spaccargli la faccia."

Rex mi guardò con disappunto. "Sai benissimo che è una pessima idea. Se dovesse mai azzardarsi a mettere piede qui, allora potrò intervenire io. Ho ricevuto il suo fascicolo da Portland e ho controllato i precedenti. Non che la cosa mi sorprenda, ma non è la prima volta che lo fa. È stato denunciato e condannato nello Stato di Washington per aver molestato una collega. Il modus operandi è lo stesso. Detesto questa situazione, ma c'è la speranza che prima o poi si fermi sul serio. Voglio comunque che la paghi cara per l'incubo che sta facendo vivere a mia figlia. L'ultima volta ha addirittura provato a entrare a casa della vittima, fregandosi da solo. Altrimenti le molestie psicologiche non erano imputabili. Alla fine ha patteggiato e ha evitato la galera perché aveva la fedina pulita. Sono convinto che abbia deciso di trasferirsi perché le accuse di reati minori non compaiono negli altri Stati. Quindi poi mantiene le molestie digitali, senza mai agire di persona."

Qualcuno bussò alla porta. Mi voltai e vidi Cade sull'uscio.

"Di che parlate?" domandò. Era pazzesco come assomigliasse a suo padre. Cade era la versione più giovane e muscolosa, con la stessa personalità sobria e discreta ma comunque alla mano.

Rex lo invitò dentro e Cade si poggiò alla scrivania. Nelle ultime settimane non ci eravamo parlati spesso, ma mi aveva comunque ringraziato per lo scambio dei telefoni con sua sorella.

Rex lo guardò e si strinse nelle spalle. "Niente di nuovo e niente che possa farti piacere," rispose con una risata amara.

"Ditemi che possiamo incastrare quello stronzo, per cortesia," disse Cade, cogliendo al volo.

"Ci sto lavorando," rispose Rex. "Mi sta aiutando un amico esperto in crimini digitali. È più semplice concentrarci sulle e-mail che i messaggi. Sembra che usi dei telefoni usa e getta."

Annuii. "Esatto. È sempre un numero diverso, ma dal tono dei messaggi si capisce che è lui."

"Meglio se non li vedo, vero?" chiese Cade.

Scossi lentamente la testa. "Guarda, te li faccio leggere se vuoi, ma poi ti incazzi."

Due voci femminili si avvicinarono dal corridoio e, poco dopo, Ella e Amelia entrarono nell'ufficio.

L'espressione di Cade si addolcì come sua moglie gli stampò un bacio sulla guancia. Le avvolse un braccio attorno alla vita, infilandole il pollice nella tasca posteriore dei jeans.

Amelia si guardò intorno, con un sorriso sulle labbra. "Che si dice?"

Lo sguardo di Ella incrociò il mio e dovetti resistere all'impulso di alzarmi e prenderla tra le braccia. Non eravamo soli e, per di più, c'erano suo padre e suo fratello, quindi mi accontentai di rivolgerle un sorriso.

Rex la guardò, sorridente. "Che bello vederti, Ella. Che ci fate qui?"

"Le ho chiesto io di incontrarci qui. Stasera viene

anche lei a una delle nostre serate tra donne," spiegò Amelia, spostandosi una ciocca di capelli dietro l'orecchio. Amelia era molto alta, quasi quanto Cade. Io la superavo di poco, quindi sarà stata sul metro e ottanta. La loro relazione risaliva ai tempi delle superiori. Dopo una brutta rottura, si erano ritrovati e alla fine sposati. Non avrei osato lamentarmi a voce alta, ma Amelia aveva appena frantumato i miei piani di passare un'altra notte insieme a Ella.

"E la fate qui?" chiese Cade, allarmato.

Amelia si fece una risata. "Oh, sì, certo. Ci prendiamo tutta la stazione di polizia per noi." Poi gli diede una gomitata e scosse la testa. "Ma ti pare? Ho lasciato qui accanto il furgoncino per fargli cambiare l'olio, quindi ci siamo date appuntamento qui. Alla fine abbiamo pensato di fare un salto per salutare."

Cade sfoderò un sorriso e guardò me e suo padre. "Quindi stasera partitella a carte al Wildlands. Ci siete?"

Rex scosse la testa, con un ghigno. "Ah, io ormai sono troppo vecchio. Andate pure a divertirvi senza di me."

"Io ci sono," risposi.

Amelia diede un altro bacio a Cade e si spostò. "Allora noi andiamo. Ci vediamo stasera a casa." Poi si guardò intorno e continuò. "Ha sempre paura di tornare a casa e trovarci tutte brille. Dai, Ella, andiamo. Se stasera non riesci a guidare, puoi stare da noi."

Avrei voluto offrirmi volontario per darle un passaggio, ma non era il momento. Non davanti ai due uomini più protettivi della sua famiglia. Soprattutto perché le mie intenzioni erano tutt'altro che pure.

Come Ella fece per girarsi, Rex la fermò. "Non hai mica smesso di inoltrarmi le e-mail, vero?"

Si voltò, con aria leggermente infastidita. "Certo che no. Ma ultimamente non ne sto più ricevendo. Perché?"

Decisi di tenere a freno la lingua perché mi ero già beccato la sua ramanzina. Cade, invece, non si fece alcun problema a risponderle. "Perché quello stronzo di merda continua a mandarti messaggi. Non chiuderci fuori, per favore. È roba seria."

Quel *leggermente* infastidita diventò subito *molto* infastidita. Si posò una mano sul fianco e lo guardò male. "Non c'è bisogno che me lo dica tu, grazie. Lo so benissimo che è roba seria. Quest'inferno va avanti da un anno e mezzo."

Alzò gli occhi al cielo, si voltò e uscì a passo pesante. All'ultimo momento concluse, "Sono un'adulta, sai. Non sono più la tua sorellina."

Amelia non aveva ancora osato dire nulla. Guardò Cade e sospirò. "So che sei preoccupato, ma non puoi trattarla così. Non serve a nulla."

Cade si passò una mano tra i capelli e sospirò, amareggiato. Prima che potesse rispondere, Amelia aggiunse, "Guarda che ti capisco, davvero. Ma non le piace che proviate a prendere in mano la situazione al posto suo. Darebbe fastidio anche a me. So come ti senti, ma vedi di fare marcia indietro, grazie." Gli strinse forte la mano e poi uscì con un, "A stasera."

Quando i loro passi erano ormai lontani, Cade ci guardò. "Ma che cazzo? Perché è così incazzata?"

"Perché le piace gestire la sua vita da sola. È sempre stata così. Non ha senso stare a discutere," rispose Rex.

Sollevai le mani in segno di resa. "Oh, lo so benissimo. Stamattina se l'è presa pure con me. Ma perlomeno non si è ripresa il suo cellulare."

Cade socchiuse gli occhi, ma non disse una parola.

Per fortuna, in quel momento squillò il telefono di Rex, ponendo fine alla conversazione.

Mentre io e Cade tornavamo in caserma, si fermò in corridoio e mi guardò. "In che senso 'stamattina', scusami?"

Merda. Non volevo mettermi a discutere con lui su Ella. Ma in fondo era suo fratello e un mio amico, quindi non potevo certo mandarcelo a quel paese.

"Non incominciare, per cortesia. Sai cosa provo per lei."

"In realtà no, non lo so," replicò, infilandosi le mani in tasca.

Quando si appoggiò alla parete mi guardai in giro per controllare non ci fosse nessun altro. "La amavo dieci anni fa e la amo ancora. Vorrei provare a salvare la nostra relazione, se non ti dispiace."

Cade rimase a lungo in silenzio, gli occhi fissi nei miei. Alla fine annuì e si spinse via dal muro. "D'accordo. Ma vedi..."

Lo interruppi. "Ehi, dovresti saperlo che di me ti puoi fidare. Non potrei mai ferire Ella. L'errore più grande della mia vita è stato non lottare per lei dopo l'incidente."

Continuò a fissarmi e alla fine chinò il capo. Ci voltammo nello stesso istante e continuammo a camminare verso la sala relax.

Capitolo Diciotto

ELLA

Lucy Phillips lanciò le sue carte sul tavolo e fulminò Maisie con lo sguardo. "Ma porca miseria. Ogni volta che penso di avere la mano vincente, vinci comunque tu. Non è possibile!"

Lucy si spostò i capelli biondi dal viso e prese la bottiglia di vino dal tavolo, riempendosi il bicchiere fino all'orlo. Intanto io guardai le mie carte, piuttosto decenti. Maisie invece sorrise, con un'alzata di spalle. "Aaah, quanto mi piace vincere," dichiarò.

Lucy, la classica fatina bionda con gli occhi azzurri ma con la personalità di un orco, scosse lentamente la testa.

"Mi sono persa qualcosa?" domandai.

Amelia, seduta accanto a me, mi diede una leggera gomitata e scoppiò a ridere. "Diciamo che vince sempre Maisie. Suo padre, nonostante tutti i difetti, era un giocatore di poker eccezionale."

Al che, Maisie disse, "Esatto. È così che mi ha mantenuta quand'ero piccola. So giocare anche io e so giocare molto bene. Non ce la faccio proprio a fingere per accontentare gli altri. Poi non è mica obbligatorio giocare a carte ogni settimana." Lanciò un'occhiata a Lucy, ancora amareggiata.

Susannah si fece una risata e bevve un sorso d'acqua. "Io mi diverto troppo quando Lucy se la prende con te," commentò con un sorrisetto.

Susannah la conoscevo più delle altre perché anche lei era di Willow Brook, nonostante fosse più grande di me di qualche anno. Non poteva bere vino perché era all'ultimo mese di gravidanza. Capelli biondo rame, grandi occhi azzurri e lentiggini che le puntellavano la pelle, era più bella e luminosa che mai. Faceva la hotshot di mestiere ed era dura come l'acciaio. Essendo in dolce attesa, ovviamente non poteva più lavorare come un tempo. La sua frustrazione era palpabile.

Lucy le lanciò un'occhiata. "Non è mica divertente."

Amelia rise di nuovo. "Certo che lo è. Lavoriamo insieme, bella. Quando ti arrabbi dai sempre il meglio di te."

Alla fine Lucy scoppiò a ridere. "Ok, e va bene. Lo ammetto. Forse, e dico forse, un pochino mi diverto pure io."

"D'accordo, mi sembra di aver capito che Maisie vince tutte le settimane, giusto?" domandai.

Amelia si strinse nelle spalle. "No, non tutte tutte. Ogni tanto una di noi riesce a batterla. Magari tu puoi farcela. Ricordo che da piccoli stracciavi sempre Cade a ramino. Ah, quanto si arrabbiava!"

"Mh, era tutta fortuna, sai. Non sono poi così brava a giocare a carte," risposi, posando le mie sul tavolo.

Lucy prese il mazzo e iniziò a mescolare, dando a tutte un'altra mano. Nel frattempo notai Susannah a disagio. Con una smorfia di dolore, portò un braccio dietro la schiena per massaggiarsela.

Maisie arrivò dritta al punto. "Hai le doglie?"

Susannah scosse la testa, facendosi una risata. "No, ma magari! Proprio l'altro giorno stavo dicendo alla dottoressa Jenkins che non ne posso proprio più. Mi sento una balena spiaggiata E poi mi scappa sempre la pipì. Lei continua a dirmi che devo bere tanto, ma preferirei non doverlo fare. E non parliamo di Ward, santo cielo. Mi sta facendo impazzire," disse sbuffando.

Maisie scoppiò a ridere. "Oh, immagino. In caserma sembra un'anima in pena. Proprio ieri Beck ci stava ridendo su. Lo sanno tutti che è pazzo di te."

Un dolce sorriso sfiorò le labbra di Susannah, ma scomparve presto. "Lo amo, ma ogni tanto è proprio insopportabile. Mi sta sempre col fiato sul collo. Dovevate vedere la sua faccia quando gli ho detto che avrei preferito dormire sul divano. Io ci voglio stare soltanto perché è reclinabile, ma alla fine ha deciso di dormire dall'altra parte anche lui, per non lasciarmi sola."

Guardai Amelia, chiedendomi se anche lei e Cade avessero in mente di avere figli. Come se mi avesse letto nel pensiero, si strinse nelle spalle. "Ancora non abbiamo deciso. Ogni volta che sento storie del genere mi passa la voglia."

"Tranquilla, vedrai che quando il piccolo nascerà si dimenticherà tutte queste storie. Poi inizierai a farci un pensierino pure tu. Max sta crescendo troppo in fretta e mi manca la fase iniziale," commentò Maisie, riferendosi a suo figlio. "E guardami un po', sono già incinta di nuovo." Maisie poi si rivolse a me. "Che ci dici di te e Caleb, invece?"

Sentii le guance in fiamme e mandai giù un sorso di vino per mascherare l'imbarazzo. Maisie fece l'occhiolino e si voltò verso Amelia. "Io te l'avevo detto. Non immagini neanche come si stordisce Caleb quando c'è lei. Non ci conosceremo da tanto, Ella... ma Caleb lavora con noi da più di un anno ormai. Frequentiamo le stesse compagnie, quindi lo conosco. Giuro che non l'ho *mai* visto guardare una donna come guarda te. È proprio cotto, sai."

Lucy accennò un sorriso. "Oh, perfetto. Un altro amore ritrovato, eh? Ma dovrete impegnarvi tanto per raggiungere il livello di Cade e Amelia. Questi due cocciuti mi hanno fatta impazzire, guarda."

Mi girai verso Amelia, che alzò gli occhi al cielo. Qualcuno mi tirò un calcio e mi guardai attorno. "Oops. Ero io, scusa. Volevo beccare Lucy," disse Amelia.

"Sinceramente non so cosa succederà, ma sono proprio contenta che alla fine abbiate aperto gli occhi entrambi," commentai, cercando di sviare.

"Ma che furba che sei, eh?" affermò Lucy con un sorrisetto, facendomi l'occhiolino. "Stavi provando a cambiare argomento, vero? Ma ormai non c'è più molto da dire su Cade e Amelia. Stanno insieme da tre anni."

I loro occhi curiosi erano fissi su di me. L'unica che potessi davvero definire un'amica era Amelia, dato che ci conoscevamo da una vita ed era finalmente diventata mia cognata. Susannah non era una perfetta sconosciuta, ma non avevamo alcun rapporto. Maisie e Lucy, invece, non le conoscevo affatto.

Eppure, a Portland non avevo un gruppo di amiche così. Non ero certo sola, ma la mia vita girava tutta attorno ai miei studi e al lavoro dopo aver preso il dottorato. Per quanto mi sentissi in imbarazzo in quella situazione così nuova, potevo finalmente lasciarmi andare e rilassarmi.

Amelia sembrò notare la mia ansia. "Ehi, non sei mica costretta a parlare di voi due, davvero. Ma io ti avevo avvisata! Queste qui sono delle pettegole."

"Oh, non preoccuparti," replicai, cercando di mettere da parte l'imbarazzo. "È solo che, beh..." Guardai Lucy e Maisie, che probabilmente non sapevano nulla sul nostro passato. "Diciamo che anni fa ci siamo lasciati in modo infelice."

Le ragazze annuirono e poi Lucy replicò, "Sì, sappiamo dell'incidente. In fondo sei la sorella di Cade e Willow Brook è molto piccola. Dev'essere stato terribile."

Maisie annuì lentamente. "Già. Ma l'importante è che adesso sei qui."

Il cuore mi martellava con violenza nel petto. La strada era stata lunga, molto lunga, e piena di ostacoli, ma finalmente riuscivo a parlare serenamente di quell'incidente. E che sollievo. Preferendo non rimuginarci troppo sopra, risposi subito alla domanda precedente. "Beh, allora. Ammetto che *qualcosa* sta succedendo. Quindi vediamo un po' come va a finire."

Soddisfatte, passarono subito a un altro argomento. Per fortuna. Si era già fatto piuttosto tardi quando Levi arrivò a prendere Lucy e Maisie e poi Ward per Susannah. Levi era alto e bellissimo. Capelli biondo scuro e occhi azzurri, in contrasto con la fisionomia di Ward, che ancora non avevo avuto il piacere di conoscere. Era il caposquadra di Caleb. Aveva un'aria alquanto minacciosa, con capelli sul nero e occhi grigi.

Lanciò a Susannah un'occhiata così ardente che avrebbe potuto bruciarla lì sul colpo. Si avvicinò ad aiutarla, ma gli scacciò la mano e si alzò da sola. La guardava con occhi pieni d'amore, da farmi proprio invidia. Le avvolse un braccio attorno alla vita e poi mi guardò. "Ward," affermò, senza aggiungere altro.

Al che mi presentai a mia volta. "Piacere, Ella. Sono la sorella di Cade."

"E la tipa di Caleb," aggiunse Levi. Lui un pochino lo conoscevo. La sua famiglia si era trasferita a Willow Brook quando frequentavo ancora le superiori.

Lo guardai con occhi sbarrati e mi rivolse un sorriso. "Oh, senti. Quello lì non fa altro che parlare di te," commentò, con un'alzata di spalle.

Lucy gli diede una leggera ginocchiata. "Non romperle le scatole. È un argomento delicato."

"Allora, pronte, ragazze?" chiese a lei e Maisie.

Maisie, che aveva portato i bicchieri sporchi nel lavello, si voltò a rispondere. "Io sì, ci sono. Beck mi ha detto che Max sta già dormendo. Che bello, quando c'è la serata tra donne non devo pensarci io a metterlo a letto." Poi si rivolse a Susannah. "Goditi le ultime settimane di sonno," le disse, facendole l'occhiolino.

Ci salutammo e, prima di uscire, Levi disse ad Amelia, "Cade sta arrivando. Si è fermato nel parcheggio ad aiutare qualcuno con la gomma a terra."

Si chiusero la porta alle spalle e Amelia iniziò a riempire la lavastoviglie. Calò un silenzio piacevole e poggiai la schiena alla sedia, facendo un respiro profondo. Probabilmente avrei fatto meglio a passare la notte da loro, dato che avevo bevuto un po' troppo vino.

"La camera degli ospiti è tutta tua," disse guardandomi. Un attimo dopo, qualcuno bussò alla porta. Mi lanciò un'altra occhiata, con aria confusa.

"Avanti," urlò. Poi fece spallucce. "Cade non bussa mai, quindi chissà chi diamine è."

La porta si aprì e Caleb varcò la soglia. "Levi mi ha scritto che non aveva posto per tre in macchina, quindi pensavo di passare a chiedere se Ella avesse bisogno."

Amelia lo guardò e sfoderò un sorriso raggiante. "Le farebbe molto piacere.'

Di sicuro non aveva bevuto neanche un goccio d'alcol, altrimenti non sarebbe mai passato a prendermi. Senza esitare un secondo, portai ad Amelia il mio bicchiere vuoto. Dopo una sciacquata veloce lo infilò in lavastoviglie, poi mi abbracciò forte. Mi lasciò andare e sorrise. "Mercoledì cenetta insieme?" Guardò anche Caleb. "Anche tu sei il benvenuto, se ti va."

La mia testa annuì a comando. Ero proprio felice di essere tornata a vivere così vicino a lei e mio fratello. "D'accordo, ottima idea. Grazie per stasera, comunque."

Amelia mi rivolse un sorrisetto furbo. "Sappi che sei invitata a ogni serata."

Poi ci salutò e mi avviai fuori, sentendo la presenza di Caleb alle mie spalle. Era una serata fredda e umida. Quel pomeriggio aveva piovuto, ma il cielo si era liberato. Un profumo di terra e legno che associavo all'autunno aleggiava nell'aria.

Mi fermai in fondo ai gradini del portico. Con un respiro profondo, portai indietro la testa per ammirare il cielo. Le stelle brillavano tra i ciuffetti di nuvole trasportate dal vento. Davanti a me, la mezza luna stava sorgendo oltre le montagne. Feci un altro bel respiro profondo e guardai Caleb. Senza dire una sola parola, mi prese per mano e mi accompagnò al suo pick-up.

Capitolo Diciannove

CALEB

Avrei preferito continuare a tenerla per mano anche in macchina, ma purtroppo dovevo avviare la macchina. Durante il viaggio nell'oscurità Ella rimase quieta, con la mia mano sulla coscia e i mignoli intrecciati.

Quella sera avevo deciso che sarei andato a prenderla e nulla avrebbe potuto fermarmi. Aveva ricevuto un'altra serie di messaggi da quello stronzo di Lance. Ero furioso con lui e incazzato perché ancora non erano riusciti a incastrarlo. Volevo che Ella uscisse una volta per tutte da quell'inferno. Quell'ansia che mi stringeva il petto non faceva altro che sottolineare quant'erano forti i miei sentimenti per lei.

Mi ero costretto a rinchiuderli in un angolo remoto del mio cuore, convinto di non avere altra scelta. Ma adesso che era tornata da me non mi sarei mai e poi mai lasciato sfuggire l'occasione di sistemare il nostro rapporto. E nel frattempo, dovevo anche cancellare per sempre ogni sofferenza dal suo cuore.

Mi fermai davanti a casa e notai che Ella si era addormentata. Il mignolo era ancora intrecciato al mio, ma aveva la testa a penzoloni sulla spalla. Le lasciai andare la mano e scesi facendo meno rumore possibile. La presi tra le braccia con cura, cercando di non svegliarla. Dormiva profondamente, il respiro delicato e regolare.

Arrivati in camera da letto, la spogliai per lasciarla soltanto in intimo. Davanti alla visione del suo seno perfetto e delle curve dei fianchi mi venne subito duro. *No, non stasera.* Dormiva come un sasso e sinceramente mi bastava potermi addormentare al suo fianco. Mi misi accanto a lei e me la strinsi al petto, scivolando presto in un sonno sereno.

———

Mi svegliai nel cuore della notte. Mi stavo letteralmente pisciando addosso, ma non volevo muovermi. Affatto. Non con il corpo caldo e formoso di Ella premuto contro il mio. Le passai le dita tra i capelli, affranto, ma la natura stava chiamando.

Mi spostai lentamente, scivolando via con attenzione e posandole la testa sul cuscino. Poi corsi in bagno e tornai presto a letto. Neanche un attimo dopo, si accoccolò di nuovo contro di me. Controllai l'ora. Erano le tre del mattino. Chiusi di nuovo gli occhi e mi addormentai subito.

Venni svegliato di nuovo dalle mani di Ella che mi scivolavano lungo l'addome, seguite dalle sue labbra. Per quanto il cervello fosse ancora assonnato, il mio corpo era già sull'attenti. Un gemito gutturale mi scappò quando avvolse le dita morbide attorno all'erezione. Il suo nome mi sfuggì dalle labbra e un altro gemito seguì quando fece scivolare la lingua su tutta la lunghezza dell'asta.

I fiochi raggi del sole filtravano dalla finestra sopra il letto. Ella era coperta dalla trapunta, ma dovevo vederla. La spostai e sollevammo la testa nello stesso istante. Aveva i capelli tutti spettinati, le guance arrossate e un luccichio malizioso negli occhi.

"Buongiorno, Caleb," mormorò, facendo schizzare di nuovo la lingua attorno all'asta.

Provai a dire qualcosa, ma le mie parole si spezzarono in un grugnito quando prese a leccare la punta. Volevo guardarla, assaporarmi a pieno il momento, ma il piacere era troppo intenso, travolgente. Quando chiuse gli occhi e lo prese nella bocca calda e accogliente persi tutte le forze, lasciando ricadere la testa sui cuscini. Le affondai le dita tra i capelli, stringendo con forza mentre mi stava facendo impazzire.

Stuzzicò la punta con la lingua, masturbandomi con la mano. Speravo in qualcosa di più, ma sollevò la testa e leccò l'asta, dedicando le sue attenzioni anche ai testicoli, pronti a esplodere da un momento all'altro.

Persi qualunque cognizione della realtà, abbandonandomi al puro godimento. Quando lo prese di nuovo in bocca, per poco non oltrepassai il limite. Ma non volevo venire così presto. Feci appello all'ultimo briciolo di autocontrollo rimasto e grugnii il suo nome. Sollevare la testa richiese uno sforzo enorme, ma venne ripagato subito quando la vidi passarsi la lingua sulle labbra.

"Vieni qui," mormorai.

Scosse la testa e un sorriso le apparve sul volto.

"Ti prego, devo farti mia," la supplicai.

L'aria si caricò di tensione sessuale. Un attimo dopo si sollevò. "D'accordo. Se è proprio quello che vuoi, obbedisco," rispose, la voce roca.

Poi si mise a cavalcioni su di me, facendo scivolare

il sesso caldo e bagnato sull'erezione. Avrei voluto prendere il controllo della situazione, ma sembrava volesse averlo lei. Si sollevò e riabbassò prendendolo tutto dentro.

Capitolo Venti

ELLA

Un'ondata di emozioni mi strinse il cuore quando guardai Caleb. La sensazione di pienezza era così piacevole da farmi venire i brividi. Ogni fibra del mio corpo fremeva per le sensazioni provocate da quell'unione. Gli posai le mani sul petto duro come la roccia, mentre lui mi afferrava per i fianchi. I suoi occhi scuri erano fissi nei miei, così intensi da mettermi quasi a disagio. Ma nonostante tutti i dubbi e le incertezze, non riuscivo a distogliere lo sguardo.

Portò le mani al seno, stuzzicandomi i capezzoli talmente duri da far male. Al suo tocco delicato lanciai un urlo, inarcandomi verso di lui. Ormai al limite della sopportazione, mi sollevai e scesi di nuovo sul suo membro. Riportò le mani appena sopra la curva dei fianchi, stringendo con forza.

Non si fece problemi a toccare le zone di pelle rovinate dal fuoco. Mi si riempirono gli occhi di commozione, che si mescolò al vortice di sensazioni e desiderio che mi mulinava dentro. Mi abbandonai completamente a quella forza devastante, inerme di fronte alle mie emozioni.

Caleb assecondava i miei movimenti con il bacino. Ogni spinta mi riempiva sempre più a fondo. Quando con il pollice cominciò a fare pressione sul clitoride, un piacere immenso mi assalì. Un'altra carezza e mi frantumai sopra di lui.

Gridai il suo nome e un attimo dopo esplose dentro di me, irrigidendosi tra i muscoli del mio canale. Mi gettai tra le sue braccia e mi resi conto delle lacrime che mi rigavano il viso soltanto quando mi poggiai al suo petto. Restai ferma immobile, col fiatone. Non avevo alcuna voglia di parlare e, per fortuna, non mi chiese nulla. La sua mano calda mi accarezzava la schiena, riuscendo a calmarmi.

Avevo perso la cognizione del tempo, ma iniziavo a sentire freddo. Un attimo dopo Caleb mi coprì con le lenzuola e, nel giro di qualche secondo, i brividi cessarono.

Sollevai dunque la testa, il cuore più sereno. Gli posai il mento sul petto e lo guardai. Sentendo il mio sguardo su di sé aprì gli occhi, che nascondevano un velo di tristezza. Mi spostò i capelli dal viso, facendoli ricadere sulla schiena.

"Sono diventati lunghissimi," mormorò.

Gradii molto quel suo commento casuale. Di certo l'aveva capito subito perché stessi piangendo. Ma sinceramente non avrei neanche saputo cosa dire. Non c'erano parole per esprimere ciò che stavo provando. Sapevo solo che fosse un qualcosa di travolgente e quasi soffocante.

"Eh, sì. Ogni tanto però sono tentata di tagliarli di nuovo," risposi.

Scosse la testa. "No, dai, non farlo."

Mi feci una risata. "Tranquillo, non voglio mica farlo. È per questo che sono diventati così lunghi. Quando erano corti dovevo tagliarli più spesso, che scocciatura. Mi conosci, non sono una che cura tanto trucco e parrucco."

Le mie parole gli strapparono un sorriso che mi fece venire le farfalle nello stomaco. Bastava un suo sguardo per riaccendere il fuoco del desiderio. Che avessimo appena fatto sesso non aveva importanza, perché ero già pronta a ricominciare.

"Eccome se ti conosco," mormorò, la voce roca. Mi venne la pelle d'oca, mentre mi passava le dita tra i capelli. "Non ti è mai piaciuto truccarti. Mi sa che ti ho vista qualche volta giusto con il rossetto."

Un sorriso mi incurvò le labbra. "Proprio così. Oggi che fai?" chiesi, cambiando argomento. "Cade lavora anche nel weekend, quindi immagino pure tu."

"Facciamo a turno. Questa settimana sono libero."

"Ottimo. Allora che facciamo?"

La mia domanda gli strappò un altro sorriso e il mio stomaco fece le capriole. "Andiamo ad Anchorage, dai. Devo ordinare dell'attrezzatura per la squadra e ho qualche faccenda da sbrigare. Ed è da secoli che non mangiamo insieme al Susitna Burgers & Brew. Così rievochiamo i bei vecchi tempi, che ne dici?"

Un senso di gioia immenso mi pervase. Alle superiori, per chi viveva in un paesino come Willow Brook andare in città era una vera avventura. Il contrasto tra l'ambiente rurale e quello moderno rendeva Anchorage una meta da sogno. O almeno, da giovani. All'università avevo vissuto per un periodo ad Anchorage, per poi trasferirmi in un altro Stato. Con l'età, il fascino della grande città era diventato sempre meno attraente. Ma l'idea di passare una giornata così tranquilla e ordinaria insieme a Caleb era irresistibile.

La nostra escursione sembrò quasi volare. Era da molto prima dell'incidente che non passavo una giornata così magnifica. Stranamente, quell'imprevisto nel fosso di qualche settimana prima non riuscivo proprio a vederlo come un incidente. Il primo incidente, invece, era come una linea invisibile che divideva in due la mia vita. C'era un prima e un dopo. La sofferenza e il rimorso pesavano ancora sul mio cuore, ma con il tempo ero diventata sempre più forte. Purtroppo però, quando ero finalmente riuscita a rimettermi in piedi e avevo ripreso in mano le redini della mia vita, Lance mi aveva rigettata di nuovo nell'abisso.

Aveva rovinato la mia vita, ma quella giornata speciale insieme a Caleb non avrebbe potuto sciuparla nessuno, tantomeno lui.

Quella sera, dopo aver sbrigato tutte le commissioni e aver passato un'ora intera a ordinare attrezzature per la caserma, entrammo finalmente al Susitna Burgers & Brew. L'interno era proprio come lo ricordavo. Era un locale informale, con i tavoli al centro della sala e altri con panche sulla parete in fondo. Su un lato c'era il bancone del bar, mentre sull'altro la cucina a vista. Le travi esposte e l'arredamento in legno rendevano l'ambiente accogliente nonostante le grandi dimensioni.

Mi accomodai davanti a Caleb e lo guardai. Soltanto lui riusciva a farmi battere forte il cuore come in quel momento.

"Prendi del vino?" mi chiese, quando la cameriera si avvicinò al tavolo.

Scossi la testa, preferendo bere acqua insieme a lui, dato che doveva guidare. La serata proseguì tranquilla, sembrava quasi un sogno a occhi aperti. Erano anni che non mi sentivo così rilassata. Finalmente non dovevo più aver paura di uscire in pubblico e sentirmi osservata. Nell'ultimo anno e mezzo a Portland, quel maledetto di Lance si divertiva a seguirmi ovunque, per poi mandarmi le foto che mi scattava di nascosto.

Finimmo piuttosto tardi e Caleb suggerì di fermarci in un albergo, dato che aveva iniziato a nevicare. Era ancora ottobre, ma ogni tanto le temperature si abbassavano già tanto. Non avrebbe attecchito, ma annunciava comunque l'arrivo dell'inverno. La sua proposta non mi dispiaceva. Affatto. Ma soprattutto non volevo che la serata finisse.

E infatti non finì lì. Ormai non aveva più senso inventarmi scuse con i miei genitori, quindi li avvisai onestamente del perché non sarei tornata a casa. Più tardi, mi addormentai tra le braccia di Caleb, il corpo frantumato da un altro orgasmo travolgente.

Mi svegliai di soprassalto nella stanza buia. Il suono insistente della vibrazione del telefono aveva turbato i miei sogni.

Stavo dormendo serena e rilassata, in uno stato di assoluta pace. Stare di nuovo con Caleb stava diventando sempre più naturale. Finalmente ero praticamente riuscita a lasciarmi andare.

Eppure, le notifiche di tutti quei messaggi riaccesero la mia inquietudine. A quell'ora, poteva essere soltanto una persona.

Io non mi ero presa la briga di togliere la suoneria al cellulare di Caleb, mentre il mio aveva la vibrazione. Mossa dalla curiosità, scivolai via dalle sue braccia e mi avvicinai in punta di piedi alla cassettiera, sopra cui continuava a vibrare il telefono.

La voce di Caleb mi fece sobbalzare. "Ella?"

Mi voltai verso di lui e continuò, "Torna a letto." Si sollevò sui cuscini, facendomi cenno di andare da lui.

La luce dei lampioni del parcheggio filtrava attraverso le tende, proiettandosi sulla sua figura. "Voglio solo vedere..." cominciai.

Ma con un movimento rapido si alzò dal letto e arrivò da me, prendendo subito il telefono dalla cassettiera. Poi lo spense senza neanche controllare lo schermo.

"Ehi," protestai. "Volevo vedere chi era."

Poggiò di nuovo il cellulare e mi fece scivolare le mani lungo le braccia, il suo tocco caldo e rassicurante. "Sai benissimo chi è. Ma non devi dargli peso. È per questo che il tuo telefono ce l'ho io, no?" mormorò, la voce assonnata.

"Sì, ma..." *Non sono capace di lasciarmi tutto alle spalle.* Quel pensiero cupo si scontrò con un altro. Mi ero convinta che quella sofferenza fosse la mia punizione per aver causato l'incidente. Per quanto odiassi vivere quell'incubo, pensavo di meritarmelo. Ma se volevo guardare al futuro *dovevo* lasciarmi tutto alle spalle.

Mi sentivo rigida, lo stomaco attanagliato dall'ansia e un senso di terrore nel cuore.

"Ella, sono le tre di notte. Che senso ha?"

"Perché non blocchiamo direttamente il tuo numero? Ne facciamo un altro a mio nome, così non lo rintraccerà."

Per quanto assurdo, trovavo che con quella soluzione avrei fatto vincere Lance.

Incrociai lo sguardo di Caleb e, con un sospiro, gli posai la testa sul petto. Odiavo sentirmi così. Lo odiavo con tutta me stessa. Ma per fortuna c'era lui al mio fianco.

"Ci penserò," mormorai.

"Adesso torniamo a letto?" mi chiese, accarezzandomi i capelli.

Annuii contro il suo petto. Mi prese dunque per mano e tornammo sotto le coperte. Per qualche miracolo, mi riaddormentai praticamente subito.

Capitolo Ventuno

CALEB

Era passata una settimana da quella giornata passata ad Anchorage. Nel frattempo, eravamo caduti in una nostra routine. Ella preferiva non passare tutti i giorni a casa mia, quindi una sera dormiva dai suoi e una da me. Nel frattempo stava cercando un appartamento per sé, cosa che mi irritava alquanto.

Volevo venisse a vivere con me, ma sapevo anche che non potevo costringerla e farle pressioni. Dovevo aspettare che aprisse gli occhi da sola.

Ogni tanto arrivavano ancora messaggi di quello stronzo di Lance. Bisognava ammetterlo, se la sua creatività lasciava a desiderare, la sua perseveranza sembrava sconfinata. A detta di Rex, valeva lo stesso anche per le e-mail.

Ormai la mia pazienza stava raggiungendo il limite. Giusto qualche giorno prima avevo sfogato un po' della mia frustrazione con Rex. Era incazzato quanto me, ma sperava di risolvere qualcosa grazie al suo amico di Anchorage. Mi faceva troppo incazzare quando ripeteva che sarebbe stato tutto più facile se le avesse messo le mani addosso. Come se lo stalking e la tortura digitale non fossero già abbastanza.

Anche Cade si teneva informato sulla vicenda. Ella ci aveva trovati un'altra volta riuniti nell'ufficio di suo padre. La sua irritazione era stata assolutamente palpabile. Me ne ero reso conto quando si era morsa il bordo del labbro, uno dei suoi tic.

In quel momento stavo tornando a casa, nella speranza di vederla. Lasciavamo tutto al caso, senza organizzarci troppo. Solitamente la invitavo a casa quando mi scriveva giusto per chiacchierare. Pure i suoi genitori mi avevano invitato a cena. Non era certo la prima volta, ero andato da loro perfino quando Ella non viveva più lì. Ero amico di Cade e da quando avevo iniziato a lavorare alla caserma stavo facendo amicizia anche con Rex.

Quando arrivai trovai il frigorifero vuoto, nel telefono nessun messaggio di Ella. Ero tentato di scriverle, ma alla fine decisi di aspettare. Con lei mi stavo trattenendo molto più di quanto avrei voluto, ma sapevo di non poterle fare pressioni. Non ero convinto che avrei retto ancora per molto, ma stavo facendo del mio meglio.

Cremino balzò giù dal davanzale e salì sul bancone. Presi una bottiglia di birra dal frigorifero e la posai sul ripiano, quindi iniziò a strofinarsi contro il bordo seghettato del tappo. Gli accarezzai la schiena e iniziò a fare le fusa come un trattore.

Dopo qualche minuto, mi avvicinai alla finestra. L'autunno durava molto poco in Alaska. L'esplosione di colori veniva presto cancellata dal gelo invernale, con giornate sempre più brevi. Ormai l'inverno era alle porte.

Dopo un sorso di birra decisi di uscire a tagliare della legna, tanto per distrarmi e sfogare la frustrazione. Funzionò come un elisir, ogni colpo d'ascia riusciva ad allentare la tensione che mi attanagliava i muscoli.

Il ricongiungimento con Ella era stato così inaspettato, l'evoluzione così rapida da lasciarmi assolutamente destabilizzato. Con lei volevo tutto e lo volevo subito. Ma soprattutto volevo poter cancellare le sue insicurezze, la sua tendenza a non lasciarsi mai andare e quell'ostinazione a tenermi sempre a distanza di sicurezza.

Ma nel mio cuore sapevo che valeva la pena aspettarla. Dopo più di dieci anni di lontananza non potevo farmi abbattere da qualche settimana in più. Avevamo un passato complesso e pure il suo presente era a dir poco incasinato.

Mentre spaccavo la legna, Cremino si avvicinò per sedersi su un ceppo poco distante. Usciva spesso in cortile quando c'ero io, divertendosi a osservarmi.

Dopo un'ora, stanco e soddisfatto, decisi di tornare in casa. Cremino balzò giù dal ceppo e saltellò sull'erba, fiondandosi subito dentro. Dopo una pausa per bere dell'acqua, tornò nel suo angolino preferito sul davanzale.

Appena uscito dalla doccia, una serie di messaggi fece vibrare il telefono. Speravo con tutto il cuore fosse Ella, ma mi sbagliavo di grosso.

Era ancora quello stronzo. Quella volta aveva inviato pure due fotografie di noi due a cena ad Anchorage. Una furia cieca mi si accese dentro. Grazie a Dio il telefono ce l'avevo io. Non potevo permettere le vedesse anche lei. Ma alla rabbia si aggiunse presto anche un forte senso di terrore.

Non per me, ma per lei. Lance l'aveva trovata e avrebbe potuto agire da un momento all'altro. Soltanto allora ringraziai che Ella non fosse lì con me. Sapevo che non sarei riuscito a mascherare la mia inquietudine. Non volevo lo scoprisse senza prima aver escogitato un piano.

Invece di scrivere a Rex, optai per chiamarlo. Rispose al secondo squillo. "Ehi, Caleb. Non sei tipo da telefonate, quindi vai dritto al punto," affermò, diretto.

Aveva proprio ragione. Nonostante lui e sua moglie fossero buoni amici dei miei genitori e pure io potessi considerarlo un amico, generalmente non ero molto socievole.

"Prima di inoltrarti gli ultimi messaggi volevo avvisarti a voce. Guarda, non ho risposto solo perché mi hai detto tu che è meglio non farlo. Ma sono pronto a stanare quel bastardo. È in zona da almeno una settimana."

"Cosa?" chiese Rex, la voce gelida.

Allontanai il telefono dall'orecchio per inviargli i messaggi. "Tra un attimo ti arrivano anche le foto. La settimana scorsa siamo usciti a cena insieme," gli spiegai.

Dall'altra parte sentii le notifiche del suo cellulare.

"Oh, maledizione," mormorò. "Ella è qui. Vedi di non dirle nulla."

"Fidati, non avevo intenzione di parlargliene. Ma abbiamo un problema. Finché è qui sappiamo sempre dove si trova, o lì o da me. Ma va ad Anchorage una volta alla settimana. In qualche modo dobbiamo metterla in guardia."

Rex fece una pausa. "Merda."

Rex non imprecava spesso, o almeno non quanto me. Le parolacce se le lasciava sfuggire solo quand'era davvero incazzato.

"Sì, hai ragione. Ma abbiamo comunque qualche giorno. Ne parlo anche con Cade, magari troviamo una scusa per non lasciarle il pick-up e qualcuno deve darle un passaggio. Se vuoi puoi farlo tu, altrimenti ci penso io. Una soluzione la si trova. Perché se io e Cade dobbiamo lavorare..."

Lo interruppi. "Ne parlerò con Ward. Se dovesse essercene bisogno mi lascerà senz'altro la giornata libera."

L'idea di mentirle non mi piaceva affatto, ma allo stesso tempo non volevo allarmarla. Guardando il lato positivo della vicenda, se fossimo riusciti a rintracciarlo avremmo potuto mettere fine alle sue stronzate.

"Se scopre che stiamo agendo alle sue spalle si incazza da morire, ma non voglio si preoccupi troppo."

"Nemmeno io. Ne parlo subito con Cade," replicò Rex.

Certo che doveva averne di fegato quello stronzo per seguirla fino in Alaska. La sua ossessione mi faceva assoluto ribrezzo.

Rex mi richiamò qualche minuto dopo. Il piano che aveva ideato con Cade era piuttosto semplice: avrebbero finto dei problemi all'auto di Amelia, che avrebbe quindi dovuto chiedere a Ella di prestarle il pick-up per qualche giorno. Amelia non ne era entusiasta e aveva accettato con la condizione che avremmo raccontato tutto a Ella entro la fine della settimana.

Dopo la telefonata con Rex, chiamai Cade. "Ehi, ciao. Senti, sicuro sia un buon piano? Ella si incazzerà come una bestia."

Cade sospirò profondamente. "Neanche ad Amelia piace molto l'idea. Non vuole mentirle e insiste per raccontarle la verità, per quanto inquietante possa essere. Ma mio padre è furioso. Ha paura che Ella non ci dia retta e faccia le cose per conto suo. Sai quant'è testarda."

La voce di Amelia risuonò indistintamente in sottofondo e poi Cade si fece una risata. "Mi ha solo ricordato che abbiamo tre giorni."

"Senti, forse è meglio se la accompagno io dicendole che tanto ho commissioni da sbrigare ad Anchorage. Così è più semplice, no?"

"Sì, hai ragione," rispose.

"Proprio l'altro giorno ho ordinato alcune attrezzature per la caserma. Dovrebbero arrivare proprio in questi giorni. Doveva andarci Ward, ma se gli spiego la situazione non avrà problemi a mandare me."

"Oh, giusto. Me n'ero completamente dimenticato. Allora domani mattina ne parlo io con Ward. Ci farebbe un favore enorme."

Ci salutammo e telefonai nuovamente a Rex per spiegargli l'evoluzione della situazione. Accettò subito, un pelo più tranquillo.

Poi chiamai Ella. Era strano pensare che era lì a casa insieme a Rex tra una chiamata e l'altra, ma tanto era in camera sua a correggere degli esami.

"Ehi, che si dice?" domandò quando rispose.

"Niente di che. Lì che fai?"

"Sto correggendo alcuni esami. Mi sono dimenticata di dirti che oggi non sarei passata, scusami. Ero troppo presa dal lavoro."

"Tranquilla, immaginavo. Però volevo giusto dirti che venerdì devo tornare ad Anchorage. Possiamo andare insieme, se ti va. Devi andare a lavorare, giusto?"

"Sì," rispose, facendo poi una pausa. In sottofondo sentivo il fruscio dei fogli. "Sicuro che non ti dispiace? Devo essere lì alle nove e finisco solo alle tre."

"Ma figurati, altrimenti non te l'avrei proposto. Devo ritirare l'attrezzatura che ho ordinato l'ultima volta. E anche mia madre mi ha chiesto di comprarle un paio di cose dal ferramenta." Non era una menzogna, ma in realtà non era neanche una questione così urgente. Però così sembravo di sicuro più convincente. "Se vuoi possiamo passare di nuovo la notte lì," aggiunsi.

"Ma no, stiamo da te. Mi dispiace lasciare Cremino tutto solo."

Mi feci una risata e lanciai un'occhiata al gatto. Sapevo che se la passava benissimo anche senza di me, ma Ella gli piaceva tanto e pure lei aveva un debole per lui. "Come preferisci. Domani ho l'addestramento, quindi sarò occupato tutto il giorno. Passo a prenderti direttamente venerdì mattina, ok?"

"Perfetto."

Esitai, mentre le parole che avrei voluto dirle mi si bloccavano in gola. Chissà quante volte le avevo detto di amarla. Certo, ma dieci anni prima. Probabilmente non era neanche pronta a sentirselo dire di nuovo. Quindi alla fine decisi di andare sul sicuro, dandole semplicemente la buonanotte prima di riattaccare.

Capitolo Ventidue

ELLA

In attesa sul portico dei miei, un sorriso pieno di gioia mi sfiorò le labbra quando vidi l'auto di Caleb avvicinarsi. Era venerdì mattina, sul presto. Il sole stava facendo capolino nel cielo, portando un po' di calore. La brina stava iniziando a sciogliersi, creando una nebbiolina che contro l'alba creava sfumature rosa e lavanda nell'aria. Inspirai profondamente i profumi dell'autunno.

Stavamo partendo prima del previsto perché Caleb voleva fermarsi a fare colazione in una delle nostre tavole calde preferite. E così, col gelo autunnale sulla pelle e l'odore di legna bruciata in lontananza, corsi verso di lui.

Senza più trattenermi, lo presi per mano e lo attirai a me, mettendomi in punta di piedi per baciarlo. Chinò leggermente la testa e mi passò una mano tra i capelli. Le nostre lingue danzarono per qualche secondo, finché non mi lasciò andare con un sorriso.

"Lo sai che i tuoi genitori ci stanno guardando dalla cucina, vero?" mi chiese.

Arrossii dalla testa ai piedi e alzai gli occhi al cielo.

"Guarda che lo sanno che ci stiamo frequentando, eh. Ora andiamo, che è meglio."

Mi buttai lo zaino in spalla e lo superai per andare al pick-up. La strada per Anchorage era splendida, il panorama reso ancora più speciale dai giochi di luce della nebbiolina. Non riuscivo a staccare lo sguardo dal finestrino. Finalmente mi sentivo di nuovo a casa, nel posto in cui appartenevo.

Caleb mi lasciò all'università, dove mi aspettava una giornata molto impegnativa. Dopo tanto tempo, potevo lavorare col cuore in pace. Anche a Portland avevo trovato il lavoro dei miei sogni, nella stessa università in cui avevo preso il dottorato. Ma qualcuno aveva scoppiato la mia bolla di gioia troppo presto. La tortura psicologica di Lance era iniziata dopo solo sei mesi, rendendo quel mio posto sicuro un vero inferno.

Ad Anchorage avevo trovato colleghi molto socievoli e alla mano, tutti sempre indaffarati e strettamente professionali. Avevo passato la mattinata con un'altra collega che lavorava da casa come me. Dopo aver rivisto il programma insieme, ci eravamo informate su uno dei progetti dell'università, finalizzato a monitorare gli effetti dei cambiamenti climatici sulla tundra.

Amavo analizzare dati su dati. Alcuni potevano trovarlo noioso, ma non io. Ci perdevo ore. Prima di pranzo avevamo anche tenuto una lezione insieme. Era stato bello incontrare alcuni degli studenti con cui avevo interagito durante il mio corso online. Caleb passò a prendermi nel primo pomeriggio, presentandosi ad alcuni miei nuovi colleghi prima di andare.

Seduti nel pick-up, si voltò a guardarmi. "Volevo passare al discount per fare la spesa, ma alla fine non ce l'ho fatta. Ti dispiace se ci andiamo insieme?"

Gli sorrisi. "Certo che no. Infatti mi è sembrato

strano non ci fossi passato la volta scorsa. Ho notato che il tuo frigo è, beh, piuttosto spoglio."

Si strinse nelle spalle, imperturbato. "Non mi piace cucinare quando sono solo."

"Allora ci penso io, che ne dici?"

Si fece una risata e mise in moto. Soltanto allora realizzai l'effettivo peso delle mie parole. Ero scivolata di nuovo in quella dinamica di coppia... Di coppia *romantica*.

Poco dopo, stavamo già girando per le corsie del supermercato immenso. Dopo averlo convinto a fare scorta di alimenti secchi, lasciò la spesa nelle mie mani. Prima di proporgli di acquistare un congelatore a pozzetto, mi morsi la lingua. Mica erano fatti miei. Mi stavo adagiando un po' *troppo* sugli allori. Non più solo il mio cuore, ma anche la mia mente stava tornando a quel periodo prima dell'incidente, a quando ero innamorata pazza di lui e pensavo saremmo rimasti insieme per sempre. Purtroppo ero giovane e ingenua, troppo poco matura per capire che la vita non era così semplice.

Negli anni a seguire, stravolta dal tormento interiore e da eventi spiacevoli, ero riuscita a convincermi che tutti quei bei ricordi di noi due insieme fossero stati influenzati dalla nostra gioventù, che in realtà era impossibile l'avessi amato così tanto.

Ma nessun altro uomo mi aveva mai fatto provare ciò che provavo con Caleb. E dico proprio mai. Nonostante quel persistente briciolo di rimorso nel mio cuore, speravo di riuscire una volta per tutte a lasciarmi tutto alle spalle.

In fila alla cassa, Caleb rispose a una telefonata di sua madre, tenendo una mano nella mia tasca posteriore. "Mi ha chiesto di prenderle un paio di cose. Arrivo subito. Ti dispiace restare qui in fila?"

C'era tantissima gente. Nonostante ci fossero tutte le casse aperte, le code parevano infinite. Scossi la testa e gli feci cenno di andare. Al che si voltò e si allontanò a passo svelto, continuando a parlare con sua madre.

Mi feci una risata e mi voltai di nuovo. Poggiai i gomiti sul carrello, seguendo la fila che avanzava lentamente. Dopo un paio di minuti, qualcuno chiamò il mio nome. Un brivido mi pervase la schiena, facendomi venire la pelle d'oca.

Quella voce la conoscevo, ma sicuramente mi sbagliavo. *È impossibile. Sei in Alaska. Non può essere qui anche lui.*

Provai a guardarmi intorno senza dare troppo dell'occhio, ma poi sentii di nuovo il mio nome. Mi si strinse lo stomaco e quell'angoscia che mi aveva perseguitata così a lungo tornò a travolgermi con violenza.

Guardandomi di nuovo attorno, questa volta lo vidi. Ero così sconvolta di vedere Lance che rimasi paralizzata. Era fermo immobile a guardarmi, vicino alla corsia della farmacia. I capelli biondo scuro leggermente spettinati. Alto e smilzo.

Dovevo mantenere la calma, ma era difficile ignorare il senso di panico sempre più pressante. Sarei voluta fuggire e cercare Caleb, ma non potevo mostrare a Lance di aver paura. Quell'essere amava terrorizzarmi.

Percepii la presenza di Caleb alle mie spalle. In quei tre minuti senza di lui, il mio mondo si era capovolto per l'ennesima volta. Gettò i prodotti nel carrello e poi mi guardò. Si irrigidì notando la mia espressione e mi passò la mano lungo la schiena.

Al suo tocco, avrei tanto voluto abbandonarmi tra le sue braccia. Ma non potevo farlo. Non lì.

"Che succede, Ella?" domandò, studiandomi il volto.

Mandai giù il groppo alla gola. "È qui."

Strinse gli occhi, senza comunque distogliere lo sguardo. "Ti riferisci a chi penso io?"

Annuii, tremolante. "Sì, Lance. Non girarti, ma è nel reparto farmacia."

Caleb rimase fermo immobile, con aria pensierosa. "Adesso vado a parlargli, d'accordo? Non sei sola e non lo sarai mai più. Prima però chiamo tuo padre. Tu comportati in modo naturale, come se niente fosse. Resta in fila ed esci quando hai finito. Ce la fai?"

Non riuscendo a rispondere, mi trovai ad annuire ancora.

Senza lasciarmi sola, telefonò a mio padre. "Ehi, Rex, sono Caleb. Abbiamo incontrato Lance ad Anchorage, al supermercato." Ci fu una pausa, mentre mio padre gli rispondeva. "Sì, sta bene. È qui con me. Vado a parlargli per tenerlo occupato mentre Ella finisce alla cassa. Ci sono troppi testimoni, quindi dubito possa fare qualcosa di stupido. A giudicare dalla fila, il nostro turno arriverà tra minimo un quarto d'ora."

Dal telefono sentivo solo un mormorio, senza capire una parola. Poco dopo Caleb mi passò il cellulare. "Tutto bene?" mi chiese mio padre.

Avevo tanto freddo e mi veniva da vomitare. Le mani erano due ghiaccioli e avrei voluto soltanto fuggire. Ormai avevo imparato a convivere con quel senso di angoscia, ma dopo aver ritrovato una certa serenità mi colpì più violenta che mai. Però confessarlo a mio padre non sarebbe servito a nulla. Quindi decisi di mentire, almeno in parte, perché tanto sapevo che con Caleb al mio fianco non mi sarebbe successo nulla. "Sì, papà, sto bene. Cioè, adesso sono scossa, ma so che mi riprenderò presto."

"Resisti," rispose. "Resta in fila e lascia che Caleb vada a parlarci. Dobbiamo trattenerlo lì il più possibile, quindi ci pensa lui a distrarlo. Dopo che ha mandato quelle foto ce lo aspettavamo, quindi abbiamo già avvertito la polizia del luogo. Ora ti lascio, così li sento, ok?"

Sicuramente l'avevo salutato, ma senza neanche rendermene conto. Con il telefono stretto con forza tra le dita, rimasi in attesa. Era come se il tempo stesse andando al rallentatore. Il mormorio di voci attorno a me divenne un distante suono di sottofondo.

Per l'ennesima volta, la vita voleva ricordarmi che non avrei mai potuto tornare a sorridere di nuovo.

Capitolo Ventitré

CALEB

Teso fino al midollo, mi fermai di fronte all'uomo che non poteva essere altro che Lance Wallace, l'unico che non aveva strappato gli occhi da Ella neanche per un secondo. Tutto il resto che mi circondava era scomparso, la mia attenzione focalizzata a laser su quel rifiuto umano.

Quell'uomo godeva nel terrorizzarla, nel farla impazzire, nel farle credere di averla in pugno. Una furia cieca mi pulsava nel petto. Fermo di fronte a lui, lo guardai dalla testa ai piedi. Aveva una faccia di merda, l'aria arrogante e viscida. Era magro e smilzo, gli occhi marroni vuoti.

Lavorando in ambito accademico, probabilmente si sentiva superiore agli altri. Sicuro l'intelletto non gli mancava, ma era un vero stronzo, di quegli stronzi che usavano la propria carriera per pararsi il culo.

Lo fissai senza dire neanche una parola, talmente vicino da costringerlo a guardarmi. Era un codardo. Solo quando posò lo sguardo su di me, parlai.

"Lascia in pace Ella."

Un ghigno vomitevole gli incurvò le labbra. "Non le ho fatto proprio niente. Chi cazzo ti credi di essere?"

"Non ha importanza. Ho visto i tuoi precedenti. Non è la prima volta che tormenti una donna perché sei in cerca di attenzioni."

Lance mi ignorò, riportando lo sguardo su Ella. Mi voltai anche io, vedendo che era ancora in fila. Dovevo trovare il modo di trattenerlo ancora per qualche minuto, fino all'arrivo della polizia. In teoria non potevano fare molto, quindi non sapevo cosa aspettarmi.

"Non azzardarti ad avvicinarti a lei, mi hai sentito bene?" gli chiesi.

Lance mi guardò, lo sguardo insofferente. "Non importa. Ella non può stare con un idiota come te. So che stavate insieme alle superiori e che le hai salvato la vita. Ma secondo te basta? No, non conta proprio nulla. Ha bisogno di un uomo come me, non di un pompiere tutto muscoli e niente cervello."

La mia furia si trasformò in ira. Non perché mi stava insultando. Non ero certo così smidollato. Ma osava parlare di Ella come se le appartenesse. Non aveva fatto altro che farla impazzire, terrorizzarla al punto che aveva quasi paura di mettere un piede fuori casa. Persi letteralmente la testa e mi si spense il cervello.

Portai indietro il braccio, intenzionato a spaccargli quella faccia di culo. Ma poi la voce di Ella mi riportò alla realtà.

"Caleb," disse in tono controllato, reggendomi il braccio.

Era l'unica che in quel momento avrebbe potuto fermarmi. "Non fare scena," disse.

Lance la fissò, con una risata amara. "Vedi? Non le piacciono i tipi duri."

Lo guardai di nuovo e mi avvicinai. "Pezzo di merda," gli sputai addosso.

Ella mi strinse più volte e provò a tirarmi via. Proprio non riuscivo a capire che cazzo di intenzioni avesse.

"Qui ci penso io, Ella."

Quando mi tirò di nuovo il braccio, il brusio attorno a noi cominciò a farsi strada nelle mie orecchie. Si fece strada tra la rabbia, ricordandomi che non eravamo soli. In quel momento sentii dei passi rapidi nella nostra direzione, che battevano con forza contro il pavimento. Due agenti di polizia arrivarono in pochi secondi accanto a noi, un terzo poco distante. Ci guardarono e uno di loro soffermò lo sguardo su Ella.

"Ella Master, giusto?" le chiese.

Ella annuì e l'agente guardò me e Lance. Il suo collega incrociò il mio sguardo, invitandomi a farmi da parte. Col cazzo che mi sarei fatto da parte. Ma Ella provò ancora a trascinarmi via.

Restammo fermi a osservare da lontano mentre gli agenti discutevano con Lance. Non sentivo nulla, ma dopo un paio di minuti gli agganciarono le manette ai polsi. Il suo sguardo rimase impassibile. Mentre lo trasportavano fuori, si voltò a fissare Ella. Quell'uomo era uno psicopatico e mi faceva venire il voltastomaco. Ella non disse nulla, ma riuscivo a percepire la tensione che irradiava.

Uno degli agenti si avvicinò. "È sotto accusa per molestie. Domani vi contatterà il procuratore distrettuale," ci informò.

"Sapete da quant'è che va avanti con questo comportamento?" gli domandai. Volevo assicurarmi che non se la sarebbe cavata nel giro di pochi giorni.

"Lei dev'essere Caleb Fox," commentò, porgendomi la mano. "Agente Turner."

Gli strinsi la mano e gli lanciai un'occhiata, aspettando che rispondesse. E così fece. "Rex Masters ci ha tenuti informati. Uno dei nostri detective aveva già stabilito i capi d'accusa, in prospettiva di una circostanza come questa. Però ammetto che non ci aspettavamo si sarebbe davvero presentato qui. È stato un colpo di fortuna." Fece una pausa e guardò Ella. "Ha qualche domanda, signorina?"

Guardò prima lui e poi me. "Al momento no. Parlerò meglio col procuratore," rispose. La vedevo agitata e tediata.

C'era senz'altro qualcosa che non andava, ma non sarei riuscito a scoprire subito cosa. Non in un supermercato stracolmo di gente e con un agente di polizia davanti. "Può darmi il suo numero?" gli chiesi, prima che se ne andasse.

"Certo." Lo recitò rapidamente e porse a entrambi un biglietto da visita con il nome e i contatti.

Ella si era stretta le braccia attorno alla vita e non mi degnava di uno sguardo. Si voltò e tornò di corsa al nostro carrello, che aveva lasciato alla signora dietro di lei.

"La ringrazio," le stava dicendo Ella quando mi avvicinai.

La signora ci guardò curiosa, con gli occhi che brillavano e un sorriso raggiante. "Nessun problema. Va tutto bene?"

Ella annuì rigidamente e avvolse le dita attorno al manico del carrello, spingendolo leggermente avanti. Mi fermai al suo fianco e la guardai, trovando il suo sguardo vacuo fisso davanti a lei. Stava senza dubbio evitando di guardarmi.

"Ella?" Poggiai un gomito sul carrello per starle più vicino. "Stai bene?"

Il suo sguardo incrociò il mio per mezzo secondo,

cupo e cauto. Mi aspettavo di vederla agitata, perfino arrabbiata. "Ti ho detto che sto bene. Non mi va di parlarne qui dentro, ok?" rispose.

Ignaro delle sue vere condizioni, decisi saggiamente di non insistere. Raddrizzai dunque la schiena e aspettai al suo fianco il nostro turno. Ovviamente, sentivo ancora occhiate curiose addosso.

La tentazione di telefonare a Rex per chiedergli aggiornamenti era forte, ma non volevo chiamarlo davanti a Ella, soprattutto perché era arrabbiata proprio con me.

Le accarezzai la schiena, sentendo il bisogno di toccarla, e riuscivo quasi a sentire la tensione che le pulsava dentro. Per un breve istante si rilassò al mio tocco, ma durò molto poco.

Dopo aver pagato tornammo al pick-up, in assoluto silenzio. Arrivati, mi aiutò passandomi le buste da mettere sul retro. Appena finimmo, si voltò e portò via il carrello a passo svelto, poi salì in macchina senza dire una parola.

Proprio non capivo cosa le fosse preso e la cosa mi stava facendo impazzire. Chiusa la portiera, nella privacy della mia auto, mi voltai a guardarla. "Ehi, Ella, che succede?"

Incrociò di nuovo le braccia, lo sguardo fisso davanti a sé mentre con le dita sfregava l'orlo della giacca. Vedere quel suo vecchio tic nervoso mi strinse il cuore.

"Tu lo sapevi che era da queste parti. Perché non mi hai detto nulla?" mi chiese infine.

Imprecai mentalmente. Maledizione, proprio quello che avrei voluto evitare.

Finalmente si girò a guardarmi, gli occhi colmi di dolore. "Potevate dirmelo e basta, senza inventarvi questa scusa ridicola per non lasciarmi sola ad

Anchorage. Ti avrei chiesto comunque di accompagnarmi."

"Ella..." Feci per prenderle la mano, ma si voltò e scosse la testa.

Mi passai la mano tra i capelli, con un sospiro greve. "Senti, ti capisco. Ma non volevo farti preoccupare. Ti ha già fatto passare le pene dell'inferno. Avevamo paura insistessi per venire da sola. Sinceramente questo piano non mi andava a genio, ma..." Feci una pausa per fare ordine tra i miei pensieri. Avrei potuto benissimo attribuire la colpa a suo padre, ma non volevo comunque farlo. Neanche io volevo che si preoccupasse. "Mi dispiace," le dissi, senza aggiungere altro perché non c'era molto altro che potessi dirle.

Deglutì nervosamente, il suono udibile nello spazio ristretto. Infine annuì e portò di nuovo lo sguardo davanti a sé. "Andiamo."

"Ella..." Cominciai, ma non si voltò. C'era qualcos'altro che la turbava nel profondo, ma non riuscivo a capire cosa.

Tornammo a Willow Brook in silenzio. Quando parcheggiai davanti a casa dei suoi, si fiondò fuori dall'auto senza perdere neanche un secondo. Ma prima di chiudere la portiera, mi guardò. "Dovremmo prenderci una pausa."

Le sue parole bruciarono come una pugnalata al cuore e un senso di rabbia misto a vecchio dolore mi pervase. "Mi hai già tagliato fuori dalla tua vita una volta. Ma se vuoi farlo di nuovo, allora non potrò fare proprio un cazzo di niente per fermarti."

Inspirò violentemente, ma in quel momento non mi importava.

Capitolo Ventiquattro

CALEB

Passò qualche giorno e finalmente riuscivamo a vedere la fine del tunnel riguardo alle molestie di Lance. Con il consenso di Ella, Rex aveva frugato in tutte le vecchie e-mail e i vecchi messaggi che le aveva inviato, riuscendo così a trovare prove sufficienti per incriminarlo. Era sotto accusa sia in Alaska che nell'Oregon. Il suo avvocato insisteva perché venisse estradato a Portland, soluzione a mio parere perfetta. Più lontano stava da Ella, meglio era.

Eppure, lo scrupoloso e lento iter giudiziario non bastava a dar pace a tutta quella rabbia e frustrazione che covavo dentro. Nel frattempo, io ed Ella non ci rivolgevamo più neanche la parola.

Onestamente, ero piuttosto infastidito dal suo atteggiamento. Pensavo di aver superato ormai da tempo quel dolore causato dalla rottura. Eppure, il modo in cui mi aveva allontanato di nuovo riaprì subito quella vecchia ferita.

La amavo, ma doverle stare lontano bruciava nel profondo. Odiavo il fatto che non riuscisse ad appoggiarsi agli altri, che avesse paura che chi l'amava volesse solo provare a controllarla.

Chiusi l'armadietto e scossi la testa per allontanare quei pensieri. Come mi girai per uscire, Cade entrò nello spogliatoio. Si fermò sulla porta come mi vide. "Va tutto bene tra te ed Ella?" domandò, senza neanche salutare. Ma in fondo era solito di Cade andare sempre dritto al punto.

Mi strinsi nelle spalle e mi fissò a lungo, finché non scosse amaramente la testa. "Ella sarà anche testarda, ma pure tu non scherzi."

"E cosa diamine vorrebbe dire?"

Cade si infilò una mano in tasca, gli occhi penetranti. "Senti, capisco. È normale litigare, ma non puoi lasciarti guidare dal tuo orgoglio. Guarda cos'ha fatto a me! Non sai cosa darei per tornare indietro e riprendermi quei sette anni passati senza Amelia."

Lo guardai intensamente, cercando di soffocare la tensione pressante. "Sì, beh, non è così semplice. E poi è sempre Ella quella che mi molla. Non è colpa mia."

Cade alzò gli occhi al cielo. "So che sei più giovane di me di qualche anno, ma a quanto pare ti sei perso i dettagli della nostra storia. Anche quella volta è stata Amelia a lasciare me. Aveva i suoi validi motivi, come io avevo i miei per poi starle lontano. Ma maledetto me per non aver lottato subito per riprendermela. Se tieni davvero così tanto a Ella, allora lotta per lei."

Senza lasciarmi il tempo di rispondere, girò i tacchi e se ne andò. Che rabbia. "Grazie tante, eh!" gli urlai dietro.

Si bloccò di colpo e si voltò, fulminandomi con quegli occhi verdi così simili a quelli di sua sorella. "Lo sai benissimo che ti ama. Vedi di trovare una soluzione."

Così se ne andò sul serio e mi tappai la bocca.

In quel momento arrivò Ward Taylor, il mio caposquadra. Voltò lo sguardo sulla schiena di Cade e poi mi guardò. Aveva senz'altro sentito la nostra discussione, o comunque almeno l'ultimo scambio di battute.

Ward mi piaceva come persona e lo rispettavo molto, ma non avevo la minima intenzione di discutere della mia relazione, o quello che era, con lui. Gli rivolsi un sorriso tirato e mi voltai dall'altra parte. Tirai un sospiro di sollievo quando lo sentii aprire e chiudere il suo armadietto. *Pericolo scampato.*

E invece no. Lo guardai e lo trovai poggiato agli armadietti, gli occhi puntati su di me. Quell'uomo era duro come l'acciaio e un ottimo caposquadra. Sempre distaccato e taciturno, poteva risultare minaccioso per chi non lo conosceva. Il suo punto debole però era Susannah, sua moglie. Bastava la sua presenza per farlo sciogliere come una candela. Aspettavano un bambino e ormai sarebbe arrivato a momenti, essendo già passata la data del parto. Era dunque sempre in modalità panico, o almeno quando non doveva preoccuparsi di domare un incendio.

Era dunque molto più scorbutico del solito, ma sopportavamo in silenzio perché le sue ansie erano giustificate. Odiava non sentirsi in controllo, quindi tutta quell'incertezza lo stava facendo impazzire.

I suoi occhi grigi trovarono i miei e inarcò un sopracciglio. "Ti servono consigli di coppia?"

Soffocai un sospiro irritato e mi strinsi nelle spalle. "No, grazie."

"So che non sono affari miei, ma lascia che ti dica almeno questo: se per te è speciale, non lasciartela sfuggire."

―――――

Il giorno seguente finalmente Susannah entrò in travaglio, quindi Ward non si presentò al lavoro. In sua assenza le sue responsabilità ricadevano su di me, il leader. Quel giorno scoppiò un grosso incendio in una residenza di caccia, incidente piuttosto comune in Alaska. Si trattava di un resort piuttosto esclusivo usato dagli amanti della caccia e della pesca.

Nonostante il periodo, c'erano ancora ospiti. La residenza si trovava a neanche quindici minuti dal centro, ma completamente isolata e quindi non raggiungibile su quattro ruote. Mentre la mia squadra e quella di Ella si preparavano al decollo, la totale concentrazione era riuscita a distrarmi da Ella.

In volo, riuscivamo già a vedere il fumo. Il resort era nel cuore della natura selvaggia, tra il verde e abeti secchi uccisi dai coleotteri che avevano devastato la foresta. In primavera o in estate mi sarei preoccupato molto di più, ma sapevo che in quei giorni avrebbe piovuto. Ci bastava domare l'incendio e mettere in salvo gli ospiti.

Fred Banks, il pilota che ci aveva portati fin lì con l'elicottero, ci salutò assicurandoci che sarebbe tornato a prenderci quando avremmo finito.

Mio fratello Nate mi aveva avvisato poco prima che sarebbe arrivato con l'acqua. Come molti piloti estremi dell'Alaska, poteva pilotare sia aerei che elicotteri e spesso e volentieri consegnava riserve d'acqua alle nostre squadre in missione. Per quanto non ci trovassimo in un'area così remota, le uniche fonti d'acqua della zona erano un pozzo e un fiume poco distante.

Arrivati a terra mi fermai a escogitare un piano d'azione con Levi. Prima di tutto dovevamo evacuare la struttura. Il resort comprendeva un'ala centrale e due laterali. Gli ospiti erano bloccati al piano di sopra di queste ultime due.

Le squadre si divisero le due ali. Nonostante il posto sperduto, il resort di lusso aveva ampie suite, sale da pranzo e diverse altre stanze. Era fatto su misura per soggiorni piuttosto lunghi. Era aperto tutto l'anno e d'inverno veniva frequentato da sciatori alla ricerca di avventura.

Alcuni ospiti e i proprietari avevano fatto il possibile per isolare la cucina, luogo in cui si era originato l'incendio. Ma purtroppo, con tre piani pieni di ospiti non tutti erano riusciti a mettersi in salvo. Le fiamme danzavano alte nel cielo e la struttura in legno minacciava di cedere da un momento all'altro, quindi dovevamo agire in fretta. Mi voltai verso Jesse, l'altro leader della squadra. "Io salgo subito. Voi tirate fuori le scale, d'accordo?"

Jesse annuì. A differenza delle missioni nella natura selvaggia e sperduta, in cui l'attrezzatura che potevamo portare con noi era limitata, lì al resort avevamo a nostra disposizione scale molto alte, che raggiungevano perfettamente le finestre.

Mi voltai verso i miei ragazzi. "Thad, Donovan, venite con me?" domandai. Annuirono, ma in realtà la loro risposta la sapevo già.

Jesse invece si fiondò con gli altri a recuperare le scale. Con i polmoni che bruciavano per lo sforzo, corsi dentro con Thad e Donovan alle spalle. All'interno c'era già molto fumo. Sentivamo il crepitio delle fiamme al centro della struttura. In un certo senso una benedizione, ma allo stesso tempo anche un problema perché la struttura era in legno. I tronchi avrebbero bruciato più lentamente rispetto a legni più sottili e leggeri, ma c'era il rischio che la temperatura salisse a livelli intollerabili per un essere umano.

Ci affrettammo su per le scale, per raggiungere due gruppi di ospiti al terzo piano. Mi voltai verso le finestre e vidi con piacere che le scale erano già state messe in posizione. Senza bisogno di dire ai miei due uomini cosa fare, iniziarono anche loro a controllare ogni stanza. Dopo esserci separati, trovai una coppia di anziani che mostravano segni di inalazione di fumo. Probabilmente sarebbe stato difficile farli scendere dalle scale, in quelle condizioni.

Thad e Donovan nel frattempo stavano separando gli ospiti in due gruppi: chi avrebbe preso le scale e chi avrebbe avuto bisogno del nostro aiuto per scendere. Si fiondarono alle due scale alle finestre, iniziando a evacuare. Purtroppo mi ritrovai di fronte a una scelta, ovvero chi portare in salvo per primo. I due anziani erano entrambi molto fragili e tossivano violentemente. Onestamente, il fatto che fossero in un resort sperduto in Alaska mi lasciava alquanto perplesso.

Quando abbassai la testa, il signore incrociò il mio sguardo. "Ti prego, salva prima lei. Se necessario, io riuscirò a prendere le scale," mi disse, tra un colpo di tosse e l'altro. Gli prestai per qualche secondo la mia maschera respiratoria e poi la rimisi al suo posto.

Lanciai un'occhiata verso le finestre e contai altre sette persone da salvare. Senza aspettare un secondo di più, presi la signora tra le braccia e corsi fuori. Era minuta e leggera come una piuma. Il fumo era sempre più denso e sentivo che il fuoco stava consumando la struttura sempre più rapidamente. Per un attimo mi domandai come fosse la situazione nell'ala opposta, ma dovevo restare concentrato sulla mia missione.

Arrivato all'esterno lasciai la signora al team medico e mi fiondai di nuovo dentro. C'era un caldo cocente e il calore penetrava perfino attraverso l'uniforme. Il tempo stava scadendo. Tornai al piano di sopra proprio mentre Thad e Donovan stavano aiutando gli ultimi due ospiti a uscire dalla finestra. Tirai un sospiro di sollievo e tornai dall'anziano che mi stava aspettando esattamente dove lo avevo lasciato. Dopo un'altra breve dose di ossigeno, mi ripresi la maschera. Voleva a tutti i costi camminare da solo, ma scossi con decisione la testa. Prendendolo in braccio avremmo fatto molto più in fretta.

Qualche minuto dopo arrivammo fuori, con Thad e Donovan alle nostre spalle. Portai anche lui ai soccorritori e raggiunsi Levi davanti alla struttura centrale. Avevamo finito praticamente in contemporanea. I proprietari confermarono che all'interno non era rimasto più nessuno. Un cane scorrazzava in cortile e si avvicinò, cominciando a leccarmi la mano quando mi sfilai i guanti.

"Abbiamo bisogno di acqua," mormorai, dopo aver tolto la maschera respiratoria.

Levi annuì. "Dovrebbe arrivare a momenti."

In quel preciso istante sentimmo le pale di un elicottero in lontananza. Probabilmente era Nate, ma da quella posizione non avrei mai potuto esserne sicuro. L'avrei comunque contattato a breve via radio. Nel frattempo le squadre cominciarono a creare fasce tagliafuoco per contenere l'incendio ed evitare si propagasse nei dintorni. Di lì a poco si sarebbe fatto buio, quindi dovevamo darci una mossa.

Più tardi, mi sedetti per terra con la schiena contro un albero, scolandomi una bottiglia d'acqua. Voltai la testa e lanciai un'occhiata a Levi. "Ancora non sappiamo nulla sul bambino, eh?"

Levi scosse la testa, con un sorriso. Come me, aveva il volto madido di sudore e sporco di fuliggine. Erano state ore molto dure. Eravamo riusciti a domare l'incendio, ma la struttura fumava ancora. Tra le squadre e gli ospiti, non saremmo riusciti a tornare tutti quanti in città. Un bel po' di gente avrebbe dovuto passare la notte lì, quindi avevo tutte le intenzioni di offrirmi volontario. Soltanto allora Ella scivolò di nuovo tra i miei pensieri.

Manco a farlo apposta, Levi commentò, "Devo sentire Lucy. Sicuramente io resto qui. Pure tu?"

"Stavo pensando proprio la stessa cosa. Si sta facendo buio. Chiediamo a Jesse se Fred e Nate si sono fatti sentire. Non penso possano tornare a prenderci."

Levi annuì, mettendosi le mani davanti alla bocca. "Jesse!" gridò.

Jesse si voltò verso di noi. Lasciò il gruppo e si avvicinò, fermandosi davanti a noi. "Che c'è?"

"Per caso sai se riescono a portarci a casa stasera?" gli chiesi.

"Purtroppo no. Hanno appena detto che c'è troppo buio. Ma me lo aspettavo. Abbiamo tutto il necessario per passare la notte qui, quindi non è un problema. E là dentro funziona ancora l'acqua corrente," affermò, indicando il fabbricato in cui c'erano le scale che avevamo usato per il salvataggio.

"Ma scherzi?" replicò Levi.

Jesse rise. "No, che non scherzo. Lo usano gli ospiti quando tornano da una battuta di caccia. Non c'è acqua calda, ma è comunque meglio di niente."

Dopo esserci preparati, andammo tutti a dormire. Mi addormentai presto, con Ella che tornò a bussare con insistenza nella mia mente. Mi mancava. Da morire.

Capitolo Venticinque

ELLA

Era passata quasi una settimana, durante la quale Lance era stato incriminato e arrestato. Mio padre mi aveva informata che sarebbe stato estradato a breve nell'Oregon. Nel frattempo io mi ero chiusa in me stessa, ignorando chiunque tranne i miei genitori. Una sera, Amelia mi aveva praticamente costretta a partecipare a un'altra serata tra donne, a casa di Lucy e Levi. Mi avevano permesso molto volentieri di invitare anche Holly, che mi avrebbe perfino accompagnata in macchina. Non ero dell'umore per divertirmi, ma continuando a evitare tutti avrei destato troppi sospetti.

Rivedere Lance ad Anchorage mi aveva aperto gli occhi. Avevo sbagliato tutto quanto. Non potevo aspettarmi che con Caleb sarebbe stato tutto rose e fiori. L'universo mi odiava troppo. Per quanto eravamo finalmente riusciti a incastrare Lance, un profondo turbamento interiore continuava a tormentarmi. Quell'incontro aveva spento del tutto ogni briciolo di speranza che avevo nel cuore.

Nascondendo quel senso di angoscia dietro una

maschera ero riuscita a passare inosservata. Quel mattino era nato il bambino di Susannah, quindi l'argomento di discussione era principalmente quello. Seduta con le altre attorno al tavolo della cucina, con la coda dell'occhio notai un criceto che scorrazzava sul pavimento. Mi voltai verso Lucy, l'aria perplessa. "Ma è normale che ci sia un criceto che se ne va in giro per la casa?"

Sorrise alla mia domanda e annuì. "Oh, sì sì. È Cri, il criceto di Levi. Vive qui da prima di me, quindi fa praticamente quello che vuole. Mangia dalle mani di Levi, non vi dico quant'è adorabile come scena!"

Provai subito a immaginarmela, ma non fu poi così semplice. Levi, tutto muscoli e virilità, con un cricetino minuscolo. Lucy lo raccolse da terra e me lo lasciò sulle mani. Cri mi guardò, gli occhietti marroni sbarrati. Gli accarezzai delicatamente la schiena e poi si lanciò sul tavolo, iniziando ad annusare le carte.

Maisie era in ritardo, ma avevamo iniziato comunque a giocare. Come Amelia e Lucy, anche lei era passata a trovare Susannah in ospedale. Avrebbe passato la notte lì per poi tornare a casa il giorno dopo.

Dopo aver passato tutto quel tempo a parlare del bebè, scoprii soltanto durante la seconda partita che le squadre di Caleb e Levi erano partite in missione. Stavo cercando con tutta me stessa di rimanere impassibile, fingendo che la notizia non mi avesse turbata. Dato che erano tutte sposate con degli hotshot, sarebbe stato pietoso crollare davanti a loro. Ma sentivo comunque una morsa al cuore, aggravata dal senso di colpa. L'avevo lasciato. Di nuovo. L'angoscia riuscì a superare quelle alte mura che mi ero costruita intorno per proteggermi dal dolore.

L'arrivo di Maisie riuscì a distrarmi. Si fermò a

guardare Lucy, che sorrideva trionfante dopo aver vinto un altro round. Lucy si voltò e le chiese, "Vedi?"

Maisie inarcò un sopracciglio. "Cos'è che dovrei vedere, scusami? Lo so benissimo che se non ci sono io riesci a vincere."

Amelia si fece una risata. "Già, Lucy, lo sappiamo tutte."

Lucy sospirò drammaticamente e poi mescolò le carte, invitando Maisie al tavolo. Holly si guardò intorno e commentò, "Che aria seria che c'è."

Le diedi una leggera gomitata, cercando di non pensare a Caleb. "Vero? Qui non si scherza mica."

Lucy distribuì le carte. "Ma dai, è che ci divertiamo tanto. E voi due siete carne fresca."

Holly rispose subito "Fresca un corno. Vivo a Willow Brook da sempre. Conosco i segreti più oscuri di tutti," disse con un sorrisetto malefico.

"Eh, già," affermai con un sorriso. "Che ci dici del bambino?" chiesi a Maisie.

"È proprio tanto adorabile. Susannah ha perso molto sangue, è per questo che la trattengono anche stanotte," rispose.

"Sta bene?" domandammo io e Holly all'unisono.

"Sì, sta bene. Sinceramente non so cosa sia successo. Ho trovato Ward in sala d'attesa ed era uno straccio. Si è calmato quando gli hanno permesso di tornare da lei. L'infermiera ci ha rassicurati che stava bene, quindi me ne sono andata."

Lucy guardò Holly. "Ehi, per caso tu sai cosa può essere successo, visto che sei un'infermiera?"

Holly inclinò la testa di lato. "Preferirei non fare supposizioni. Se hanno detto che sta bene allora non c'è nulla di cui preoccuparsi. Sarà comunque stanca morta."

Amelia diede una gomitata a Lucy. "Andrà tutto bene, dai. Su, tocca a te."

Lucy osservò le sue carte e infine ne posò due sul tavolo. Maisie si rivolse ad Amelia. "La prossima sei tu."

"In che senso?" le chiese.

"A restare incinta," rispose Maisie facendole l'occhiolino.

Amelia sospirò. "Davvero, ancora non ne sono convinta."

Maisie alzò gli occhi al cielo. "Beh, ti consiglio di non aspettare troppo. Questa gravidanza mi sta distruggendo, guarda," affermò, accarezzandosi il pancione. "Pensavo che la seconda volta sarebbe stato più semplice, ma mi sbagliavo di grosso."

Mentre Lucy disponeva alcune carte sul tavolo, le vibrò il telefono e lanciò uno sguardo allo schermo. L'espressione divertita svanì in un istante e rispose subito. "Ehi. Che si dice?"

Annuì e mi lanciò un'occhiata. "Sì. Mmhmmh. Ok. Ti amo." Chiuse la chiamata e mi guardò. "Caleb e Levi passeranno la notte sul luogo dell'incendio con una manciata di altri ragazzi." Poi si rivolse a Maisie. "Strano non lo sapessi già."

Maisie si strinse nelle spalle. "Non sono in servizio. L'hai appena scoperto e poi è tutta la sera che trasportano gente da una parte all'altra. In quanti sono rimasti?" chiese.

Cercai di non apparire troppo curiosa, ma sentivo un peso opprimente sul cuore. Se prima ero preoccupata, quell'ansia crebbe ancora di più.

Lucy mescolò le sue carte, con aria *affatto* preoccupata. "Non me l'ha detto. So solo che era troppo tardi e non sono potuti passare a recuperarli. Ma per fortuna hanno acqua corrente in un capanno che viene usato per pulire il pesce e altra roba."

"Che roba?" indagò Maisie.

"Beh, è un resort di caccia e pesca, quindi immagino carcasse, no?" rispose come fosse ovvio, controllando le carte che aveva in mano.

Maisie alzò gli occhi al cielo. "Mamma mia, non c'era mica bisogno di dirlo così."

"E che termine avrei dovuto usare, scusa?" ribatté Lucy.

A Holly scappò una risatina. Soltanto in Alaska si poteva trovare un gruppo di ragazze che parlava di animali e pesci morti giocando a carte.

"Stanno bene?" domandai, lo stomaco sottosopra dall'ansia.

Lucy incrociò il mio sguardo. Nei suoi occhi passò un lampo di malizia, che scomparve però subito. "Certo, stanno tutti benissimo. Altrimenti ce l'avrebbero riferito molto prima. Hai sentito Caleb, per caso?"

Sbuffai internamente quando si voltarono tutte a guardarmi. Non avevo detto a nessuno che gli avevo chiesto una pausa. Ma mi sentivo più smarrita che mai. Mi ero ripetuta a lungo di non meritare più la minima felicità, soprattutto non con Caleb. Ma mi sentivo allo stesso tempo terribilmente in colpa per averlo tagliato fuori. Un'altra volta.

L'unica persona al corrente della situazione era Amelia. Qualche giorno prima aveva provato a parlarmi, ma mi ero rifiutata. Turbata e frustrata per la storia di Lance e la rottura con Caleb, proprio non me la sentivo di farmi fare la paternale.

La notizia dell'arresto di Lance era stata un raggio di sole in quel periodo così buio della mia vita, ma mi sentivo comunque troppo esausta a livello psicologico. La polizia mi aveva chiesto una dichiarazione ufficiale ed era stato come rivivere tutto quel dolore un'altra volta. Inoltre, se Lance non avesse patteggiato mi sarebbe toccato andare fino nell'Oregon a testimoniare. Ma era ancora presto per fissarmi su quello. O almeno così continuavo a ripetermi per costringermi a non pensarci.

Amelia mi lanciò un'occhiata. Non sembrava affatto intenzionata a tenere la bocca chiusa, purtroppo. "No, vero?" chiese in tono pungente.

Bevvi un sorso di vino e la guardai, trattenendomi dal risponderle male. Con un sospiro, dissi, "No, non l'ho sentito."

Holly sbarrò gli occhi. "E perché no?"

Porca miseria. Dentro di me sapevo di dovermi fare forza e raccontare a tutte la verità. "Ehm, beh, gli ho detto che volevo una pausa, ecco."

Holly sospirò rumorosamente. "Ma mi prendi per il culo?"

L'emozione mi serrò la gola e deglutii per mandarla giù, cercando di mantenere la calma.

"*Devi* voltare pagina, Ella. Non permettere al passato di rovinarti la vita. Di nuovo," affermò Holly senza mezzi termini.

Poi intervenne Amelia. "D'accordo, non so a che si riferisce, ma sappiamo tutti che Caleb ti ama. Cade mi ha detto che in questi giorni l'ha visto a pezzi. E pure tu hai una pessima cera. Quindi perché fai così?"

Non sapevo come giustificarmi, soprattutto perché all'improvviso mi sembrava tutto assolutamente ridicolo.

Lucy decise infine di intervenire. "È proprio vero. Ti adora."

Giocherellavo nervosamente con le carte in mano e mi voltai a guardare Lucy, morsicandomi il labbro inferiore. "Non è così semplice. So che Caleb..." cominciai, ma le parole mi si strozzarono in gola. In realtà sapevo benissimo che mi amava. Non l'avevo *mai* messo in dubbio.

Ripensai alla nostra prima separazione. La mia vita era sprofondata in un abisso, tra lo shock per l'incidente e la confusione interiore causata dalla mancanza di una persona così speciale come Caleb in un momento come quello. Ma ero stata io stessa ad allontanarlo, nonostante avessi un disperato bisogno di lui.

Dopo tutte quelle settimane all'ospedale ero rimasta a casa in convalescenza. Mia madre mi stava col fiato sul collo e per un periodo avevo dovuto usare le stampelle. Un qualcosa che odiavo con tutta me stessa erano le occhiate dei miei compagni di scuola, un pizzico di confusione e compassione con un quintale di "grazie a Dio non è toccato a me".

Holly si era ritrovata a dover combattere contro il suo dolore per la perdita di Jake, l'angoscia per le mie condizioni e il trauma per l'incidente. La nostra amicizia ne aveva in parte risentito, ma avevamo comunque resistito. Una volta guarita e diplomata, avevo dunque deciso di dispiegare le ali e migrare da un'altra parte, spinta da un bisogno di rivalsa e con nel cuore la speranza di fuggire da tutta quella sofferenza che mi perseguitava. Mi ero in qualche modo convinta che quel dolore facesse parte di me e che non avrei mai potuto redimermi per la morte di Jake.

Con tutti quei pensieri cupi per la testa, mi guardai intorno. Davanti a me, quattro sguardi di donne testarde, indipendenti e forti in egual misura. Holly spezzò infine quel lungo silenzio. "Ma lo sai che sei proprio cocciuta, oh? Non permettere al rimorso di frapporsi un'altra volta tra te e Caleb."

"Questa volta non è così," mormorai, sulla difensiva.

Holly mi fissò duramente negli occhi. "Invece sì."

Sentivo le lacrime bruciarmi gli occhi, ma riuscii a trattenerle. La morsa attorno al cuore allentò leggermente la presa, per un qualche motivo che in quel momento non capii. Un attimo dopo, Holly si voltò e posò una carta sul tavolo, toccandomi piano con il gomito. "Tocca a te."

Il suo commento concluse in modo definitivo la discussione su me e Caleb. Tirai un sospiro di sollievo e riuscii finalmente a rilassarmi. Poco dopo Maisie chiamò l'ospedale per avere notizie su Susannah e il bambino. Festeggiammo con un brindisi le loro ottime condizioni e ci apprestammo a finire la partita.

Mentre Holly mi stava riaccompagnando dai miei, arrivammo nella zona di casa di Caleb. Cremino balzò tra i miei pensieri, tutto solo durante la notte. Mi voltai a guardarla. "Ehi."

Senza staccare gli occhi dalla strada, rallentò. "Sì?"

"Chiamo Caleb per chiedergli se devo passare a dare la pappa al suo gatto."

Un sorriso le incurvò le labbra. "Oh, ma davvero?"

Sapeva già dove viveva Caleb. Willow Brook era un paesino molto piccolo, quindi praticamente tutti sapevano dove vivevano gli altri. Prese la strada verso casa sua, commentando, "Dai, chiamalo."

Tirai fuori il mio telefono, o meglio quello di Caleb, e cliccai sul contatto. Non ero sicura potesse rispondermi o avesse campo, ma in fondo Levi era riuscito a contattare Lucy, quindi ci speravo. Rispose al secondo squillo.

"Ehi," disse, la voce più rauca del solito.

Il cuore prese a martellarmi violentemente contro le costole. "Stai bene?" gli domandai. "Lucy mi ha detto che avresti passato la notte laggiù, ma non hai una bella voce.”

“È stata una giornataccia e ho inalato un po’ troppo fumo, tutto qui,” rispose.

Mi si strinse il cuore e per un attimo mi sentii stupida per averlo chiamato per una questione così banale. Ma ormai non potevo più tirarmi indietro. “Volevo chiederti se devo passare a controllare Cremino.” Dato che non rispose, continuai a parlare. “Se per te non ci sono problemi, ovviamente. Potrei passare la notte da te e tenergli compagnia, sai.”

Caleb non disse nulla, ma poi si fece una risata. “Gli farebbe tanto piacere. Certo che puoi restare. Dovrei tornare domani nel pomeriggio, tempo permettendo.”

“D’accordo.” Mi fermai un attimo, facendo fatica a parlare con l’emozione che mi serrava la gola. “Hai un posto caldo in cui dormire?”

“Ti stai preoccupando per me?” replicò, un sorriso nella voce.

“Forse. Holly mi sta portando da te.”

“Bene, dai. Se hai bisogno del mio pick-up, trovi le chiavi nel mobiletto accanto alla porta.”

“L’hai lasciato a casa?”

“Sì, sono andato al lavoro con Donovan. Vive in fondo alla strada.”

Avrei voluto dirgli molto altro, ma purtroppo non eravamo soli. Con le orecchie curiose di Holly accanto, decisi di chiudere la telefonata. “Buonanotte. Chiamami domani mattina, ok?”

“Buonanotte.” Seguì una lunga pausa, mentre stringevo con forza il telefono. “Mi manchi, Ella.”

Per poco non scoppiai a piangere. “Mi manchi anche tu,” risposi, senza riuscire a trattenermi.

Toccai lo schermo per chiudere la telefonata e feci

un respiro profondo. "Non dire una parola," ordinai a Holly, lanciandole un'occhiata.

"Ehm, ok, ok." Scosse la testa e si fermò davanti a casa di Caleb. "Vuoi che ti faccia compagnia? Possiamo fare un pigiama party."

Mi voltai e le sorrisi. "Per me va bene, ma devo chiederlo a Caleb. È pur sempre casa sua."

Holly rise e telefonai di nuovo a Caleb, che rispose con tono perplesso. "Sì?"

"Può restare anche Holly?"

"Non c'era mica bisogno di chiedermelo, sai. Certo che può," rispose, con una risata. "Tutto qui?"

"Mmh, sì. Chiamami quando sai qualcosa per il rientro, dai."

Terminai di nuovo la telefonata, le guance in fiamme. "Ok, pigiama party sia!" annunciai, con voce colma di gioia. Eravamo ormai due donne adulte e il periodo dei pigiama party era ormai in un passato molto lontano, ma era proprio bello sentirsi di nuovo a casa.

Holly mi seguì dentro e si guardò intorno. "Wow, che bella che è," commentò. "Ricordo che durante la costruzione Nate non faceva che parlare ad Alex di tutta la roba solare che stava facendo installare."

"Dai, ti faccio fare un giro," le dissi, invitandola a seguirmi.

Mi sentivo un po' brilla per il vino ed emozionata per la breve telefonata con Caleb. Salendo al piano di sopra, mi venne un tuffo al cuore. In quelle ultime notti solitarie mi era mancato proprio tanto. Sospirai internamente. Holly aveva ragione. Ero proprio cocciuta.

Finito il giro al primo piano tornammo giù e un miagolio echeggiò dal porticato. Corsi ad aprire la porta della cucina e Cremino si fiondò in casa. Si strusciò tra le mie gambe e poi saltellò verso le ciotole. Intanto io presi a cercare dell'alcol negli armadietti.

Ci buttammo sul divano a guardare la televisione. Riuscimmo a finire una bottiglia di vino in due, continuando a viziare Cremino mentre faceva le fusa come un trattore.

Capitolo Ventisei

ELLA

Il mattino seguente, mentre prendevo il caffè con Holly, risposi subito al telefono quando squillò e vidi sullo schermo che era Caleb.

"Ciao! Sai a che ora torni, per caso? Pensavo di passare a prenderti."

Ma non fu la voce di Caleb a rispondermi, bensì quella di Levi Phillips. "Ciao, Ella. Sono Levi. C'è stato un piccolo contrattempo."

"È successo qualcosa a Caleb?" chiesi in preda al panico, con il cuore a mille.

"Oh, sta bene, ma... si è rotto una gamba," rispose, con troppa calma. "Mi ha chiesto di chiamarti per informarti."

Un senso di angoscia mi attanagliò il petto.

"Perché sei così tranquillo? Cos'è successo? Sicuro che stia bene?" Lo bombardai di domande, senza manco respirare tra l'una e l'altra.

Levi rise. "Sono tranquillo perché non c'è niente da temere. Non sono mica contento che si sia rotto una gamba, figuriamoci, ma so che sta bene. Giuro. Tieni..."

Dall'altra parte si sentiva un fruscio, dei passi e poi un altro fruscio, finché la voce di Caleb non mi arrivò all'orecchio. "Sto bene, davvero," mi assicurò, la voce un filo dolorante.

"Cos'è successo?"

Esalò un sospiro carico di frustrazione. "Una stronzata, guarda. L'incendio era praticamente estinto e ci siamo messi a perlustrare l'edificio. All'improvviso mi è finita una trave addosso e mi ha colpito in pieno la gamba. Sarebbe stato meglio aspettare, ma ciò che è fatto è fatto. Spero che l'elicottero arrivi presto, poi dalla caserma mi portano direttamente all'ospedale. Io continuo a ripetere a Levi che non ce n'è bisogno, ma mi sta frantumando le palle."

La parte razionale di me sapeva benissimo che non era nulla di che, solo una gamba rotta. Ma quella emotiva si lasciò prendere da un panico folle che sovrastava nettamente ogni pensiero lucido.

Soltanto quando tirai su col naso mi resi conto che stavo piangendo. La voce di Caleb si addolcì. "Ehi, va tutto bene. È una bella scocciatura, ma sto bene. Non è niente di grave."

Cominciai a singhiozzare e Holly tornò preoccupata dal bagno, dove si era chiusa per lasciarmi la mia privacy. Allontanai il telefono dalla bocca per spiegarle la situazione. "Caleb si è fatto male. Gli è caduta una trave sulla gamba e gliel'ha rotta."

Sbarrò gli occhi per lo shock e si fece subito seria. "Allora, io adesso devo andare al lavoro. Digli che ci vediamo dopo all'ospedale. Ti chiamo appena arriva, ok?"

Caleb doveva averla sentita, perché replicò, "Dille che per me va bene."

"Ci vengo anche io," dichiarai. "Sai per caso quando passano a prendervi?"

"No, ancora no. C'è troppa nebbia. Ma partiranno appena si dirada."

Sentii diverse voci in sottofondo e Caleb che rispose a qualcuno, per poi ritornare alla nostra conversazione. "Ehi, piccola, devo andare."

"D'accordo. Ci vediamo dopo."

Strinsi forte il telefono finché non terminò la telefonata. Poi lo posai sul tavolo e scoppiai a piangere. Holly si infilò la giacca e venne da me, poggiando i gomiti sul bancone.

"Stai bene?" mi chiese

Mi passai la manica sul viso e tirai su col naso, annuendo. "Non lo so manco io perché sto piangendo. So che sta bene. È solo un problema alla gamba, no?"

Holly mi accarezzò la schiena, lo sguardo affettuoso. "Esatto. Rompersi una gamba è più comune di quanto pensi. Si riprenderà presto, vedrai. Ma questo tuo sfogo dovrebbe farti riflettere, sai?"

Le lanciai un'occhiataccia, singhiozzando ancora. "E va bene, come dici tu. Ci vediamo dopo in ospedale. Mi fiondo lì appena arriva. Tu chiamami subito, ok?"

Holly sorrise. "Certamente. Ti serve un passaggio?"

"No, no. Ieri sera Caleb mi ha dato il permesso di usare il suo pick-up."

Holly inarcò un sopracciglio, ma non commentò. "Dai, allora a dopo." E così si voltò e uscì di casa.

———

Qualche ora dopo mi fiondai all'ospedale, senza neanche passare al banco dell'accoglienza all'arrivo. Ma purtroppo, qualcuno mi fermò prima che potessi lanciarmi in corridoio.

"Mi scusi, signorina."

Mi voltai e vidi un ragazzo col camice che mi guardava. "Sì?" gli chiesi, cercando di mascherare la mia impazienza ma fallendo miseramente.

"Per poter entrare deve passare all'accoglienza," mi spiegò.

Angosciata e inquieta, soffocai una parolaccia. Ovviamente stava soltanto facendo il suo lavoro. "Sono qui per Caleb Fox. Sa che sto arrivando."

Ma le mie parole non lo toccarono minimamente. "Deve comunque registrarsi."

Porca miseria. Sbuffando, mi voltai e corsi di nuovo al banco dell'accoglienza. Compilai il modulo in fretta e furia e mi lasciarono finalmente entrare.

Quando arrivai alla stanza di Caleb, mi fiondai dentro senza neanche bussare. Accanto al lettino c'era la dottoressa Lane, o meglio, Charlie. Si bloccò a metà frase e si girò con aria preoccupata. "Chiedo... Oh, ciao Ella. Che ci fai qui?"

Ma com'è che non sapevano già tutti che avevo ogni diritto di essere lì per lui, invece di continuare a farmi tutte quelle domande? Esalai un altro sospiro e feci per rispondere, ma Caleb mi anticipò.

"È qui per me, dottoressa. C'è qualche problema se resta con noi?"

Quando mi guardò, uno stormo di farfalle mi invase lo stomaco. Soltanto lui sarebbe riuscito a guardarmi con così tanto ardore nonostante una gamba rotta e il dolore.

Charlie ci lanciò qualche occhiata e poi si strinse nelle spalle. "Come preferisci. Non seguo molto i pettegolezzi. Siete una coppia?"

"Sì," risposi. Mettendo finalmente da parte tutta l'insicurezza e l'angoscia, mi chiusi la porta alle spalle e mi avvicinai a Caleb. "Come stai?" gli chiesi, stringendo la sbarra di metallo.

Stava tenendo una gamba sul lettino, mentre l'altra pendeva dall'altro lato. Aveva i capelli spettinati e lo sguardo esausto. Puzzava vagamente di fumo e avrei voluto piangere di nuovo. Però mandai giù il groppo alla gola, cercando di respirare profondamente.

"Sto bene. La dottoressa ingessa tutto e poi posso andare," spiegò Caleb, indicando il polpaccio destro. "Però per un po' non posso guidare." Mi afferrò la mano, la stretta calda e forte. "Non fare quella faccia. Non è nulla di che, davvero."

Charlie rise e ci guardò. "Certo che voi pompieri siete proprio su un altro livello. Vi rimbalza tutto addosso. Ma sappi che ci metterai un po' a riprenderti. Non permettergli di guidare finché non lo autorizzo io, per favore," mi disse Charlie.

Annuii con decisione. "Conta pure su di me."

Prese una cartella dal ripiano alle sue spalle. "Torno subito."

Al clic della porta, calò il silenzio. Mi fermai a guardare Caleb, ammirando i lineamenti marcati del viso, gli occhi color cioccolato fondente. Era appoggiato su una montagna di cuscini. Aveva l'aria stanca, ma rilassata. Sentivo altre lacrime calde premere contro le palpebre, ma quelle non erano più di tristezza; si portavano dentro un misto di gioia, confusione e rimorso.

Proprio non riuscivo a comprendere come un semplice infortunio fosse riuscito a farsi strada sia nel mio cuore che nella mente, sbloccando un qualcosa che avevo cercato di tenere sottochiave.

Lo amavo. Quella paura e il senso di ansia con cui avevo convissuto per un anno e mezzo mi avevano costretta ad alzare alte mura intorno a me per proteggermi. Quell'incubo con Lance mi aveva distrutta.

Quando la morte ci porta via un amico durante l'adolescenza, una ferita profonda ci segna il cuore. Con il tempo si impara che quella ferita piano piano guarisce e che un giorno potrai andare avanti con la tua vita. Ma la cicatrice resta per sempre, cambiandoci in qualche modo. Finalmente avevo accettato la realtà. Non potevo più cambiare il passato, ma avrei fatto qualunque cosa per assicurarmi il futuro dei miei sogni.

Caleb mi strinse dolcemente la mano e spezzò il silenzio. "Tutto bene?"

Soltanto allora notai la scia calda di una lacrima solitaria sul viso, mentre molte altre mi bruciavano gli occhi. Una morsa mi stringeva il cuore, colmo di emozione. "Ma perché gli ospedali mi fanno sempre questo effetto?" mormorai, passandomi il pollice sulla guancia.

Per qualche motivo, le mie parole mi strapparono una risata. Non riuscivo proprio a smettere, mi mancava quasi il fiato. Caleb nel frattempo mi guardava con un sorriso raggiante sul volto. "Beh, hai finito?" mi chiese, quando finalmente riuscii a fermarmi.

Annuii singhiozzando e presi un fazzoletto dal bancone alle mie spalle, senza però osare muovere l'altra mano, quella che godeva ancora del suo calore. "Credo di sì."

"Ma poi cosa ci sarebbe di così divertente?"

Tornai subito seria e gli passai un dito sulle sopracciglia. "Non lo so. Ma ti amo."

Il suo sguardo catturò il mio e, dopo qualche momento, Caleb mi tirò a sé. Si sollevò e mi passò un braccio attorno alla vita. "Ti amo anche io. Ma lo sapevi già."

Mi baciò prima che potessi emettere anche il minimo suono.

Si aprì la porta della stanza e ci staccammo di colpo. Charlie tornò con un'infermiera e un tecnico. Guardò prima lui e poi me, con un sorriso d'intesa sulle labbra, ma senza commentare. Sentendomi di troppo, mi feci da parte per lasciarli lavorare.

Capitolo Ventisette

CALEB

Erano passate tre settimane. Seduto sul divano, lanciai un'occhiata al telefono sul tavolino e mi allungai per prenderlo. Maledizione. Il movimento aveva fatto cadere per terra un cuscino. Cremino si voltò a guardarmi dal davanzale. Non era certo la prima volta che mi infortunavo, essendo un hotshot, ma non ero mai stato costretto a letto. Mi ero fratturato la tibia destra e stavo raggiungendo il limite della sopportazione. Secondo la dottoressa Lane avrei dovuto aspettare dalle sei alle otto settimane per poter tornare al lavoro.

Non potevo nemmeno guidare, quindi quando non mi facevo scarrozzare in giro da Ella o la mia famiglia ero costretto a passare il tempo sul divano. Non ne potevo più. Quel giorno Ella era ad Anchorage, quindi ero a casa da solo con Cremino. La mia inattività non sembrava averlo colpito particolarmente.

Non vedevo l'ora di togliere il gesso. Per tenermi occupato, Ward mi aveva proposto di lavorare su alcuni documenti che non avrei voluto vedere manco da lontano. Alla fine gli avevo chiesto due mesi di malattia e lui, ancora troppo esaltato dalla nascita di suo figlio, aveva accettato senza il minimo problema.

Dopo aver raccolto il cuscino, cominciai a scrivere un messaggio per Ella.

Ehi, per che ora torni?

Rimasi qualche secondo a fissare lo schermo, aspettando che rispondesse. Poco dopo lo lanciai sul divano, sbuffando. Mai prima di allora ero rimasto come un ebete a fissare il telefono in attesa di una risposta. Mi stavo annoiando a morte.

Appena prima che potessi alzarmi per andare a fare una doccia, la vibrazione del cellulare mi fermò. Lo raccolsi e trovai un messaggio da Ella.

Ti annoi? :)

Le risposi subito, con un sorriso sulle labbra.

Da morire, cazzo. Mi sa che la prossima volta che vai ad Anchorage vengo con te.

Ma non avresti proprio nulla da fare! Sai che devo lavorare. E poi non puoi mica guidare.

Fissai tristemente lo schermo. Aveva assolutamente ragione. Ovviamente. Ma avrei dato chissà cosa per poter passare un'altra serata al Susitna Burgers & Brew con lei. Soprattutto senza doverci più preoccupare di quello stalker psicopatico.

Era tornato nell'Oregon, a piede libero su cauzione ma con un ordine restrittivo e una cavigliera elettronica. Dopo aver scavato nel suo passato era uscito fuori che mentre tormentava Ella stava anche stalkerando un'altra donna con cui aveva lavorato in passato. Nei guai fino al collo, non avrebbe più osato farsi avanti.

Le inviai un altro messaggio.

Perché non prendi qualcosa per cena? Stavo pensando a quel thailandese che ci piace tanto, poi riscaldiamo tutto qui. Per favore!

Ma certo. Dimmi cosa vuoi e dopo mi fermo al ristorante. Parto tra un'oretta.

Mi manchi.

Ora devo andare, ho lezione. <3

Sospirai e mi tirai lentamente su, prendendo le stampelle dal bordo del divano per trascinarmi in bagno. Mi mancava dormire nel mio letto, ma quelle scale a chiocciola che così tanto amavo erano impossibili da salire e scendere in quelle condizioni. Grazie al cielo avevo un divano letto, che però non era comunque il mio *letto*. Non ne potevo proprio più di dover restare bloccato al piano di sotto.

Dovevo farmi la doccia prima che Ella tornasse a casa. Avevo un paio d'ore, quindi potevo prendermela con calma. Da quando ero tornato a casa aveva vietato qualsiasi tipo di rapporto sessuale, ma stavo impazzendo. Dovevo assolutamente farla cedere. Per qualche assurdo motivo si era convinta fossi fatto di vetro, quindi a detta sua con quel maledetto gesso non avremmo potuto fare sesso. Cazzo, però. Mi mancava da morire. Mi mancava averla nuda sotto di me e mi mancava sprofondare dentro di lei.

———

Come promesso, Ella arrivò neanche due ore dopo. Nel frattempo non ero rimasto a poltrire ancora sul divano. Dopo la doccia avevo fatto qualche esercizio consigliato dalla dottoressa Lane per rilassare i muscoli, poi avevo perfino pulito la ciotola dell'acqua di Cremino e preparato qualcosa di fresco da dargli. Era rimasto comunque impassibile, ma non era certo una novità.

Ella entrò dalla porta della cucina, tenendo in

braccio la borsa con i libri, la valigetta del computer, buste della spesa e il cibo da asporto.

Io ero poco distante, seduto al bancone a bermi una birra e leggere alcune riviste lasciate da mio fratello. Avrei voluto aiutarla perché sicuramente in macchina doveva avere altre buste, ma con quella gamba le avrei soltanto complicato le cose.

Porca miseria, quanto odiavo essere inutile. Nonostante il precedente ragionamento, mi ritrovai comunque a domandarle, "Ehi, ti serve una mano?" Ma mi rimangiai subito quelle parole. "Ah, maledizione. No che non posso aiutarti."

Ella si avvicinò al divano per lasciare le borse e venne in cucina. Posò la spesa e il cibo sul bancone, poi si voltò a guardarmi. Stava palesemente cercando di trattenere un sorriso, ma alla fine perse la battaglia e le sfuggì una dolce risata.

"Che c'è da ridere?"

"Sei proprio tremendo."

Con un'alzata di spalle, le afferrai la mano per attirarla a me. Si fermò tra il gesso e l'altra gamba, intrecciata al piolo dello sgabello.

Le spostai i capelli dagli occhi e la strinsi a me, sentendola sussultare piacevolmente quando si scontrò contro il mio corpo. Maledizione. Quella donna non mi bastava mai. Con i lunghi capelli castani che le ricadevano sulle spalle, i grandi occhi verdi colmi di desiderio e il seno prosperoso che premeva sul mio petto era assolutamente divina.

"Non lo nego," mormorai, stringendola a me per catturarle le labbra con le mie.

Quel bacio ci accese un fuoco dentro impossibile da arrestare. In un istante, le nostre lingue presero a danzare. Un bisogno urgente mi pervase e il cuore martellava con forza contro la cassa toracica.

Ella però si staccò dal bacio troppo, troppo presto. Aveva le labbra gonfie e le pupille scure e dilatate, il respiro mozzato. Sentivo i due boccioli turgidi premere contro il petto. Senza perdere un secondo di più, le feci scivolare la mano lungo la schiena e le palpai il sedere, facendola scendere ancora di più fino a stuzzicarle la piega tra le cosce.

"Fermati, Caleb," mormorò.

"Ma perché? Mi sono solo rotto una gamba. Sto benissimo."

"Devo portare dentro la spesa," mormorò, arrossendo sotto il mio sguardo intenso.

"D'accordo, vai."

La lasciai andare anche se con riluttanza, perché tanto non aveva senso opporsi. Sorseggiai la mia birra, aspettando che tornasse dentro con le buste. Poi presi una stampella e cominciai ad aiutarla a riporre i prodotti in dispensa. Era lì lì dal mettersi a discutere, ma non avrei esitato a ricordarle che era stata proprio la dottoressa Lane a dirmi di muovermi il più possibile.

Sorprendentemente, mi stavo eccitando per una faccenda così semplice e ordinaria. Con il dolce profumo di Ella che mi penetrava nelle narici e il bisogno fremente di possederla, il mio corpo stava bruciando dall'interno.

Dopo aver finito, Ella mi ricacciò sullo sgabello e versò il cibo su dei piatti per scaldarlo al microonde. Mi fermai a fissarla mentre armeggiava con le bacchette. In quel momento, realizzai davvero quanto grande e profondo fosse il mio amore per lei.

Dischiuse le labbra e con la lingua provò a recuperare uno spaghetto. La reazione del mio corpo fu immediata. Riportai tutta la mia concentrazione sulla cena, riuscendo pure a finire di mangiare. Un vero miracolo, dato che non riuscivo a smettere di guardare il modo in cui si muoveva la sua bocca con ogni boccone. Quando pensai di aver superato il pericolo, finì di mangiare e passò la lingua sulle bacchette. Porca troia.

Mentre ero ancora ipnotizzato, Ella si alzò per caricare la lavastoviglie. Rifiutò categoricamente il mio aiuto e mi ordinò di tornare sul divano a riposare. Arrivò a sistemarmi i cuscini dietro la schiena, regalandomi una vista meravigliosa quando mi passò davanti. Indossava una camicetta tutta tirata sul seno. Dalla scollatura spiccava il pizzo blu del reggiseno. Ma purtroppo mi lasciò a bocca asciutta e tornò in cucina.

Cremino fissava tutto concentrato qualcosa fuori dalla finestra, la coda che schizzava da una parte all'altra. Allora mi rivolsi a Ella, "Forse è meglio se fai uscire Cremino, sai."

Senza dire nulla, si avvicinò alla porta della cucina e la aprì. Al rumore, Cremino balzò giù dal davanzale e si fiondò fuori. Si stava facendo buio e c'era piuttosto freddo. Un soffio di vento mi arrivò sulla pelle, portando con sé odore di legna bruciata. Senza quel maledetto gesso alla gamba sarei riuscito ad alzarmi per accendere il fuoco. Sinceramente non me la sentivo neanche di chiederlo a Ella. Tornò poco dopo al divano con una birra per me e un bicchiere di vino. Le veniva male sedersi normalmente, dato che era aperto, quindi mi spostai per lasciarle spazio al mio fianco.

Con un sorriso sulle labbra, bevve un sorso di vino e lasciò il bicchiere sul tavolino, poi scivolò al mio fianco e raccolse i piedi sotto le gambe. "Che ci guardiamo stasera?" mi domandò.

"Scegli tu. Quest'ultimo mese ho visto praticamente tutto. Trova qualcosa di nuovo che possa piacermi, dai."

Si fece una risatina e la presi per mano, attirandola a me. Senza neanche darle il tempo per pensare la posizionai sul mio grembo, le ginocchia ai lati dei miei fianchi. Rise di nuovo, incrociando il mio sguardo con le guance arrossate.

"Che stai facendo, Caleb?"

"Questo."

Posai la bocca sulla sua, intrecciandole le dita ai capelli per premerla contro di me. Il desiderio era troppo impellente per fare le cose con calma. Ce l'avevo già duro come il marmo. Le carezzai la schiena e fermai la mano sulla natica morbida, iniziando a strofinare l'erezione contro il suo sesso. Un gemito le sfuggì dalle labbra e ne approfittai per infilare la lingua nella sua bocca calda e umida. Senza opporre la minima resistenza, iniziò anche lei a muoversi sopra di me.

Il suo sapore mi stava facendo impazzire, ma ne volevo ancora. Mi separai dalle sue labbra con un grugnito e feci scivolare la lingua lungo la curva del collo, la pelle un delizioso mix di dolce e salato.

"Caleb," mormorò con un altro gemito, quando le strinsi un capezzolo da sopra la camicetta. "Dobbiamo fermarci. Devi stare attento alla gamba."

Feci scivolare la lingua sul cotone sottile, giocherellando con i bottoni. "La mia gamba è tranquillissima. Non succederà nulla," mormorai, sollevando gli occhi sui suoi. "Se vuoi farmi stare meglio, allora concediti a me."

Lo sguardo di Ella si fece più intenso. Per convincerla, spinsi il bacino contro il suo. Emise un delizioso gemito che mi incitò a continuare. Cominciai quindi a sbottonarle la camicetta. Non mi fermò, ma mista al desiderio cocente nei suoi occhi c'era anche una certa esitazione.

"Caleb," mormorò di nuovo.

Tracciai il contorno del capezzolo con il dito, per poi stringerlo delicatamente. Quando si morse con forza il labbro inferiore, replicai, "Sì, Ella?"

"Devi riposare," protestò. Ma il suo corpo tradiva le sue parole. Un attimo dopo, infatti, il bacino prese di nuovo a muoversi sull'erezione prorompente.

"È da tre settimane che riposo. Fidati, così dormirò molto meglio."

Una risata le fuggì dalle labbra, le guance rosse come un pomodoro. "Però..."

Ormai troppo impaziente, passai subito all'azione. Avrei voluto continuare a giocare col seno, ma dovevo in qualche modo zittirla. Con un bocciolo tra le dita e l'altra mano tra i capelli, premetti di nuovo la bocca sulla sua. Un lieve sospiro e fece scivolare la lingua tra le mie labbra, baciandomi con una passione folle. Porca miseria, avrei passato ore a baciarla.

Mi prese il viso tra le mani, lasciandosi completamente andare al desiderio. Con il pollice le sbottonai la clip frontale del reggiseno, deliziato dal peso del seno sulla mano. "Cazzo, Ella," mormorai sulle sue labbra, fermandomi a riprendere fiato.

Portò leggermente indietro la testa, le labbra gonfie, gli occhi indemoniati e la pelle arrossata. "Maledetto te," disse, la voce roca e l'accenno di un sorriso sulle labbra. "Se ti fai male alla gamba, dico a Charlie che è colpa tua."

"Fai pure," replicai, impassibile, sapendo benissimo che non avrebbe mai osato per la vergogna. Ma sinceramente non me ne sarebbe fregato di meno spiegare a Charlie che mi ero fatto male per penetrare con passione la mia adorata Ella.

Con il viso in fiamme, alzò gli occhi al cielo. Ma poi mi fece dimenticare tutto, eccetto il desiderio pulsante. Si alzò e si sfilò la camicetta, lasciando cadere per terra anche il reggiseno. Poi scosse leggermente i fianchi, sfilandosi anche i leggings.

Ce l'avevo talmente duro che rischiavo di esplodere da un momento all'altro. Premurosa come sempre, si avvicinò per sistemare i cuscini sopra cui poggiava. China sopra di me, le presi un seno in mano, catturando il capezzolo tra i denti. Presi a stuzzicarlo con la lingua e poi succhiai con forza. Lanciò un urlo e si spostò, gli occhi in fiamme. Portò le mani all'elastico dei miei pantaloni, cominciando ad abbassarli lentamente. Fece molta, troppa attenzione a non toccarmi il cazzo, duro e pronto per lei. Li sfilò con cautela e poi tornò a cavalcioni su di me.

A separarmi dal paradiso terrestre c'era soltanto la seta sottile delle sue mutandine. I lunghi capelli le ricadevano sulle spalle e il seno, i capezzoli turgidi spuntavano tra le ciocche scure, aveva la pelle arrossata e gli occhi che ardevano di desiderio. Le passai il pollice sul labbro inferiore e lo prese tra i denti per succhiarlo, provocandomi un grugnito gutturale. Mi strofinai contro di lei, sentendo il calore umido del suo sesso sul mio. Liberai il pollice e glielo feci scivolare sulla pelle, soffermandomi sul bocciolo per poi scendere fino alla seta delle mutandine.

Ormai non potevo più aspettare. Senza perdere un secondo di più, le spostai e affondai le dita nel suo calore. Inarcò la schiena con violenza, trattenendo il fiato. Sentii i muscoli del canale stringersi intorno a me.

"Guardami," le ordinai.

Aprì lentamente gli occhi. Amavo vederla così, presa dal desiderio. Eravamo le uniche persone al mondo, avvolte nella nostra piccola bolla di intimità in cui sarei rimasto per sempre.

"Vorrei vederti venire sulla mia mano, ma non resisto più. Farti venire sul mio cazzo sarà ancora meglio."

Dischiuse le labbra e sbarrò gli occhi mentre sfilavo le dita. Mi sistemai e posizionai la punta alla dolce apertura. Ella si sollevò, gli occhi fissi nei miei, e si abbassò su tutta la lunghezza, fino a sedersi comodamente sul mio bacino.

Capitolo Ventotto

ELLA

Lo sguardo intenso di Caleb era incollato al mio. Il nostro respiro affannato era l'unico suono nella stanza. Il battito selvaggio del mio cuore riecheggiava in tutto il corpo. Caleb mi afferrò saldamente per la vita e con un affondo si fece spazio dentro di me. Quella sensazione così piacevole di pienezza mi fece venire i brividi.

Quelle tre settimane di astinenza erano state dure. Ma ne era valsa la pena per potermi godere a pieno quell'istante. Mi si chiusero gli occhi come si spinse ancora dentro di me.

"Guardami."

Il suo tono così autorevole riportò subito il mio sguardo nel suo. Iniziai a muovermi seguendo il suo ritmo, continuando a prenderlo fino in profondità con ogni colpo. Sentivo la pressione crescere sempre più, godimento puro.

Con le sue dita affondate nei fianchi, non riuscivo a distogliere lo sguardo. Il clitoride bagnato e scivoloso sfregava sulla sua pelle, provocandomi un piacere immenso. Con ogni sua spinta, brividi focosi e ardenti si sprigionavano in tutto il mio corpo. Era un momento talmente selvaggio, disinibito e folle ma allo stesso tempo sospeso nel tempo. Quella passione violenta e quel senso di intimità così profondi mi colpivano dritti al cuore.

Non stavamo semplicemente facendo sesso. Le cicatrici sul mio cuore e quelle sulla pelle erano tristi promemoria di tutto ciò che avevamo dovuto sopportare insieme. Avevamo camminato attraverso il fuoco, riuscendo a raggiungere la salvezza dall'altra parte, dove nuove fiamme stavano nascendo dalle ceneri del nostro passato.

Spostò una mano dal fianco e con una passata ardente sulla schiena mi spinse verso di lui. Catturò le mie labbra in un bacio lento e sensuale. Poi mi lasciò andare e continuai a muovermi, ogni spinta una scintilla che andava ad alimentare il piacere.

Fece scivolare una mano sul ventre, infilandosi tra i riccioli per poi arrivare al clitoride. Con qualche sua carezza, la pressione aumentò fino ad esplodere in un'ondata di godimento. Mi strinsi con forza attorno a lui, come una morsa. Un attimo dopo, il calore del suo orgasmo mi riempì. Crollai sul suo petto, poggiando la testa nella curva della spalla per riprendere fiato.

Fremevo ancora tutta, mentre scariche di piacere mi attraversavano il corpo. Eravamo sudati entrambi, ma Caleb era così caldo, con un profumo che mi faceva impazzire. Legnoso e fresco, proprio come lo amavo.

Mi posò una mano sulla schiena, l'altra ancora avvolta su un fianco. Stava accarezzando le cicatrici e la pelle sana, una sensazione a cui non ero ancora riuscita ad abituarmi. Lui sicuramente non notava neanche la differenza, ma io sì.

Ripresi fiato e sollevai la testa. La domanda mi

sfuggì dalle labbra ancora prima che potessi fermarla. "Ma tu le noti?"

Si mise comodo sui cuscini e aprì gli occhi. "Che cosa?"

Eccola lì la mia risposta.

Quando inarcò un sopracciglio perplesso, risposi, "Le cicatrici."

Abbassò lo sguardo, fermandosi. "No," disse infine, incrociando di nuovo i miei occhi.

Poi sollevai la mano, tracciandogli la mascella con il pollice. "Beh, ti ho dato ciò che volevi, no?"

Rise piano, stringendosi nelle spalle. "Hai visto che non mi è successo nulla? Scommetto che dormirò come un angioletto."

———

Il mattino seguente, un sabato, ero in cucina a preparare il caffè mentre Caleb si stava facendo la doccia. Mi ero svegliata sul divano, con la testa appoggiata sulla sua spalla e un suo braccio attorno al corpo. In quel momento così pacifico e sereno, mi ero sentita protetta e al sicuro. Il mio posto era tra le sue braccia. Caleb era riuscito a cancellare tutti quei miei vecchi dubbi, facendomi finalmente aprire gli occhi.

Mentre stavo tirando fuori dal frigorifero le uova, sentii un tonfo seguito da un'imprecazione. Lasciai il cartone sul bancone e mi fiondai in bagno. Aprii subito la porta in vetro della doccia e lo vidi con i fianchi poggiati alla seduta ad angolo.

"Stai bene?"

Si girò a guardarmi, con aria infastidita. "Sì, tranquilla. Sono solo scivolato."

"Vuoi una mano?" gli chiesi, entrando nella doccia, infischiandomene dell'acqua che mi stava inzuppando i calzini.

Mi prese la mano e lo sollevai in piedi, portandolo fuori dove le mattonelle erano asciutte.

"Ma per caso l'ho già detto che non vedo l'ora di farmi togliere questo maledettissimo gesso?"

"Una volta o due," dissi con una risata, tirando un sospiro di sollievo nel vedere che non si era fatto nulla. "Quand'è che devi farti visitare da Charlie?"

"Tra troppo tempo, purtroppo. Devo aspettare ancora una settimana. Queste tre settimane mi sono sembrate un'eternità, ma figurati che mi ha detto che dovrebbero volercene dalle sei alle otto per riprendermi completamente."

Mi sfilai le calze e andai a buttarle nel cesto della biancheria. Posandomi le mani sui fianchi, mi voltai a guardarlo. "Continui a dire che stai bene." Mi morsi il labbro per trattenere una risata.

"Infatti sto bene, ma non sopporto più il gesso," mormorò, asciugandosi.

Lo lasciai a rivestirsi e salii al piano di sopra per mettermi un paio di calzini nuovi, poi tornai in cucina a preparare le omelette. Dopo mangiato, mi chiese di accompagnarlo in caserma. Essendo sabato, lo guardai perplessa.

"Sicuro?"

"Tu hai commissioni da sbrigare e, cazzo, non ne posso proprio più di restare chiuso in casa."

"Stai..." Mi fermai di colpo. Non potevo chiedergli per l'ennesima volta se stesse bene.

Un sorriso gli incurvò le labbra. "Sto bene."

Mi avvicinai al suo sgabello e mi attirò subito tra le gambe. Senza il minimo pudore, mi palpò con decisione il sedere. Quel semplice gesto bastò a risvegliare il mio desiderio."

"Eh, no. Non è il momento. Insomma."

Passandomi l'altra mano tra i capelli, si portò il mio viso a pochi centimetri dal suo. "Sarò anche un po' irritabile, ma non sai quanto mi piace vederti così preoccupata per me."

"Quindi la smetti di lamentarti per ogni minima cosa?"

Una bolla di gioia mi fluttuava nel cuore, la gola stretta da un'emozione così intensa che volevo piangere. Caleb scosse la testa e mormorò un *no* sulle mie labbra, prima di baciarmi. I suoi baci mi scioglievano ogni singola volta. Nel giro di qualche secondo, fiamme ardenti ci avvolsero come una coperta. Poi sollevò la testa, gli occhi nei miei.

"Non dimenticare mai che ti amo."

Caleb

Sei mesi dopo

Ero in cima alla pista da sci. Era una bellissima giornata di sole, che brillava alto nel cielo azzurro. Sollevai lo sguardo e girai su me stesso per ammirare il panorama. Alle mie spalle e sui due lati si ergevano le cime di altre montagne. La baia di Kachemak era visibile in lontananza, la superficie scintillante carezzata dai raggi del sole.

Io ed Ella eravamo al Last Frontier Lodge per una mini luna di miele. Ci eravamo sposati due giorni prima e avremmo passato lì poco meno di una settimana. Il rifugio sciistico si trovava a Diamond Creek, un altro spettacolare paesino dell'Alaska a quattro ore a sud di Willow Brook. Eravamo stati invitati lì da Owen e Ivy Manning, gli ingegneri che mi avevano aiutato a progettare la casa.

Ella stava aspettando al rifugio, mentre io dovevo raggiungerla sciando giù per la pista. Con una spinta dei bastoncini da sci, mi piegai in avanti e scivolai sulla neve, che si alzò tutto intorno a me quando frenai. Salutai Cam Nash, il cognato di Owen ed ex sciatore di livello mondiale, e mi diressi al rifugio.

Passai in camera a cambiarmi e raggiunsi Ella al ristorante. La trovai al tavolo col suo computer. Tipico. Da quando si era trasferita ufficialmente a casa mia, mi aveva dimostrato di *non* riuscire proprio a prendersi una pausa dal lavoro. Mica potevo lamentarmi, onestamente. Non con un lavoro che mi teneva lontano da lei per settimane.

Arrivai al suo fianco e le stampai un bacio sul collo. Sollevò dunque la testa e mi sorrise. "Un attimo e finisco," mormorò.

In quegli ultimi sei mesi eravamo caduti in una tranquilla routine. Lei lavorava perlopiù da casa, mentre io seguivo la mia squadra per qualsiasi emergenza. Quando non c'ero, ci pensava Cremino a tenerle compagnia. Il periodo peggiore doveva ancora arrivare, ovvero la stagione degli incendi, ma sinceramente ero piuttosto sereno. Mi sarebbe mancata da morire, ma la consapevolezza di ritrovarla sempre a casa ad aspettarmi per me era sufficiente.

Mi accomodai davanti a lei, fermandomi ad ammirarla. Aveva i capelli arruffati, gli occhi verdi fissi sullo schermo e il labbro inferiore stretto tra i denti. Dopo un paio di minuti chiuse lo schermo e lo sguardo mi cadde sulla semplice fede di platino che aveva al dito. Era stata molto chiara sulle sue preferenze. I diamanti non facevano per lei e per me andava comunque benissimo così.

Lance era in prigione, incastrato da altre prove su molestie nei confronti di altre due donne. Seguiva uno schema ben definito, riuscendo in qualche modo a restare in posizioni rispettabili nella società. Era sotto accusa in California, nell'Oregon, nello Stato di

Washington e in Alaska. Era bastato il caso di Ella per sbatterlo dietro le sbarre. Finalmente era uscito completamente dalle nostre vite.

Seduto a guardarla, non riuscivo proprio a crederci di averla lì di fronte a me, che fosse mia moglie. Erano passati più o meno sette mesi da quell'incidente fuori Willow Brook che aveva riscritto il nostro destino.

Delia Hamilton, la chef, si fermò al nostro tavolo, i capelli biondi che splendevano sotto le luci dei lampadari. "Tutto bene?" ci chiese, un sorriso caloroso sul volto.

"Benissimo," rispose Ella, guardandola.

"Vi porto da bere?"

"Io prendo un bicchiere di quel tuo delizioso sidro caldo. Lo vuoi anche tu?" domandai a Ella.

Un sorriso le incurvò le labbra e annuì. Così, Delia ci lasciò. Gestiva la cucina del rifugio ed era tra le donne più socievoli che conoscessi. Il suo sidro caldo era stata una bella scoperta, perfetto per le giornate fredde tra la neve. Eravamo lì da un paio di giorni e ne ero già diventato dipendente.

Nell'attesa, presi le mani di Ella tra le mie. "Pronta per le Hawaii?"

Inclinò la testa di lato, annuendo. "Oh, eccome. Anche se questo posto è proprio bello. L'hanno ristrutturato proprio bene. Assurdo pensare che pochi anni fa qui non c'era nulla."

"Mi sembra che Gage l'abbia rinnovato cinque anni fa. Possiamo tornare ogni volta che vuoi. Anche a me piace da morire, e poi mi fa sempre piacere rivedere Owen e Ivy."

Delia ci portò da bere e ci lasciò di nuovo soli. Mi fermai a osservare le cime innevate dalla finestra, per poi posare di nuovo lo sguardo su Ella. Sinceramente, a me bastava essere con lei, indipendentemente dal luogo. Certo, alle Hawaii avremmo potuto lasciarci alle spalle il freddo e il gelo, con giornate lunghe e soleggiate.

Quella sera mi ritrovai davanti alla finestra ad ammirare il sole che tramontava dietro le montagne. La nostra camera dava sui pendii dei monti, orientata verso la baia di Kachemak. Gli ultimi raggi tingevano le acque di sfumature rosa e lavanda, mentre un venticello arricciava la superficie.

Ella si reggeva con le braccia sul davanzale. Mi spostai alle sue spalle e le cinsi la vita con le braccia, chinando la testa per perdermi nel suo profumo. Sollevò una mano, posandola sulla mia guancia, e inclinò la testa per guardarmi.

"Ancora non ci credo che sei qui con me," mormorò.

"Oh, credici, invece," replicai, catturando le sue labbra con le mie. "E ci resterò per sempre."

ELLA

Qualche settimana dopo, mi svegliai nel caldo abbraccio di Caleb. Era bellissimo avere una stufa umana personale nel proprio letto.

Alla fine il viaggio alle Hawaii era saltato. Purtroppo mi ero slogata una caviglia scivolando su una pista da sci. Per l'ennesima volta, il destino aveva mandato all'aria i nostri piani. Ma sinceramente non mi dispiacque neanche. Dopo qualche giorno in più passato al rifugio eravamo tornati direttamente a casa.

La caviglia era praticamente guarita del tutto. Caleb si mosse leggermente e spinsi il bacino contro il suo, sorridendo quando sentii l'erezione premuta contro il fondoschiena. Pensavo che con il tempo quel desiderio così ardente sarebbe andato a spegnersi, ma in realtà era successo completamente l'opposto.

Nella fioca luce dell'alba, avvolti nella nostra coperta di intimità, mi voltai quando Caleb chiamò il mio nome.

"Sì?"

"Buongiorno," sussurrò, catturando la mia bocca in un bacio. Ma con lui non ci si poteva mai fermare lì. Dopo un'ora di puro godimento, il corpo ancora a pezzi per l'intensità dell'orgasmo, andammo a farci una doccia. Pronti per il nuovo giorno, scendemmo in cucina a fare colazione. Poggiata al bancone con il caffè, guardavo Caleb che si preparava per il lavoro.

Quei momenti così semplici e ordinari erano i miei preferiti. Un tempo ero convinta di non meritarmi una vita piena di gioie simili, ma quell'incontro fatale con Caleb aveva cambiato tutto.

Si alzò in piedi, prese il borsone e lo seguii alla porta.

"Quando torni?"

"Forse non dovrei neanche andarmene," rispose, lo sguardo intenso.

Le sue parole mi fecero arrossire. "Non pensarci neanche. Devo lavorare e tu hai un progetto a cui pensare, no?"

Mi fece l'occhiolino, passandosi la borsa sulla spalla.

"Ti amo," gli dissi come aprì la porta.

Si fermò a guardarmi un'ultima volta. In un lampo, mi afferrò la mano per attirarmi a sé. Mi divorò le labbra in un bacio frenetico che mi lasciò col cuore a mille. Camminò all'indietro per uscire e mi mandò un bacio. Quando si chiuse la porta alle spalle, mi ci poggiai con un sorriso colmo di gioia sulle labbra.

. . .

A seguire, la storia di Jesse e Charlie in Un Fuoco Dolce. Un romanzo ricco di emozioni e colpi di scena, un amore che sconfina nel proibito. Charlie è una dottoressa prude e misurata, ma Jesse le ha messo gli occhi addosso e la desidera come non mai. "La miglior serie su pompieri sexy che ci sia. Punto. Tutti i volumi della serie Il Fuoco della Passione di J.H. Croix meritano cinque stelle! Racconti che si completano e seguono la stessa storia." Non perderti la storia di Jesse!

L'AUTORE

J. H. Croix, autrice bestseller americana, vive con il marito e due cani molto viziati in una piccola cittadina del Maine. Croix scrive romanzi contemporanei da capogiro, con eroine grintose e maschi alfa che non hanno paura di mettere a nudo le proprie emozioni. Il suo amore per i borghi suggestivi e i loro abitanti traspare dalla sua scrittura. Lasciatevi trasportare nel mondo turbolento dei suoi romanzi bestseller!

jhcroixauthor.com
jhcroix@jhcroix.com